Henry Miller

亨利・米勒

三部曲

BLACK SPRING

Henry Miller

黑色的春天

[美国] 亨利·米勒 著

杨恒达 职茉莉 译

译林出版社

图书在版编目（CIP）数据

黑色的春天 / （美）亨利·米勒（Henry Miller）著；杨恒达，职茉莉译．-- 南京：译林出版社，2024.9
（亨利·米勒三部曲）
书名原文：Black Spring
ISBN 978-7-5447-8729-1

Ⅰ.①黑… Ⅱ.①亨… ②杨… ③职… Ⅲ.①长篇小说－美国－现代 Ⅳ.①I712.45

中国国家版本馆CIP数据核字（2024）第075547号

著作权合同登记号　图字：10-2022-187号

黑色的春天 ［美国］亨利·米勒 / 著　杨恒达　职茉莉 / 译

责任编辑　竺文治
装帧设计　山川制本workshop
校　　对　孙玉兰
责任印制　闻媛媛

原文出版　Oneworld Classics
出版发行　译林出版社
地　　址　南京市湖南路1号A楼
邮　　箱　yilin@yilin.com
网　　址　www.yilin.com
市场热线　025-86633278
排　　版　南京展望文化发展有限公司
印　　刷　徐州绪权印刷有限公司
开　　本　880毫米×1240毫米　1/32
印　　张　7.375
插　　页　2
版　　次　2024年9月第1版
印　　次　2024年9月第1次印刷
书　　号　ISBN 978-7-5447-8729-1
定　　价　49.00元

目录

一个超现实主义的春天

杨恒达

一部字数不算很多的《黑色的春天》中译本经历了艰难的翻译过程终于完成了,比原定的交稿时间晚了一个月。不是译者不努力,而是这部书实在太难译,有些地方简直是不可翻译的。但不管怎么说,它现在完成了,而且即将与读者见面,译者为此感到非常欣慰。

中国读者现在也许对亨利·米勒的名字不那么陌生了,因为他的第一部长篇作品《北回归线》在国内已出过好几个版本,以它那种包含了大量性描写与粗俗语言的叙事方式和意识流、自动写作、超现实主义、象征主义等手法,给中国读者留下了深刻的印象。也许有人会误认为亨利·米勒是一个热衷于性描写的作家,其实不然,他在个别作品中确有过多的性描写,因为性的问题是他生活的重要组成部分,又是他思考的主要对象之一。作为一个像卢梭一样敢于大胆深刻地剖析自我的作家,他认为这个问题是不可回避的,但是,亨利·米勒的作品体现出他丰富的内心世界,他既是一个怀旧者,又是一个革新者;他既做着美国梦,又是美国梦的强烈批判者;他既承袭了西方文学的历史传统,又形成了对这种传统的猛烈冲击。我们读亨利·米勒的作品首先要从这些方面来把握他。至于他作品中过多的性描写,那只是他这种矛盾性的一方面体现。如果我们读了《黑色的春天》,也许就会对这个问题看得更加清楚。《黑色的春天》中几乎没有什么性描写。

亨利·米勒大约是在 1932 年 5 月初开始写这本书的,那是在他 1934 年发表第一部长篇作品《北回归线》之前,然后经历了三年的写作,于 1935 年才将此书完成,并于 1936 年在巴黎发表。这是他发表的第二部作品,也是他最初发表的自传体三部曲中的第二部,介于《北回归线》和 1939 年发表的《南回归线》之间。由于他的第一部作品《北回归线》发表后在文学界引起了轩然大波,直接导致《黑色的春天》在英美等国被禁长达三十年之久。

《黑色的春天》是亨利·米勒住在巴黎北部的克利希区时期的主要作品,他以此书献给他的好朋友兼赞助人阿那依斯·宁。阿那依斯·宁出生在法国,父亲是西班牙钢琴家和作曲家,母亲是丹麦歌唱家。她十一岁时父母离婚,母亲把她带到纽约接受教育,她后来返回欧洲,嫁给一个银行家,自己成为作家。她热衷于读书和写日记,最初发表的作品是关于 D.H.劳伦斯的批评研究,她对劳伦斯的评价引起了亨利·米勒的兴趣。亨利·米勒的朋友奥斯本是她丈夫的手下,他通过奥斯本而认识了她。亨利·米勒结识阿那依斯·宁之后,在经济上得到她的许多帮助,在创作上受到她的热情鼓励。她资助他发表了第一部作品《北回归线》,并竭力向出版商推荐他的其他作品。她对精神分析学的研究和广泛的文学兴趣,包括对超现实主义的兴趣,深深影响了亨利·米勒,米勒将她视为推心置腹的知己和导师,甚至想同她结婚。亨利·米勒将此书献给她,显然是要向她表示爱慕和感激之情。

亨利·米勒的《黑色的春天》虽然在某些手法上同《北回归线》有相似之处,但明眼的读者一眼便能看出,它没有《北回归线》那样言辞激烈,那样污秽粗俚,而是显得更为心情愉快。亨利·米勒自己也把《北回归线》问世之后的时期称为"心情愉快的""格外快活的"时期。《黑色的春天》使用的材料基本上是源于自身种种遭际的,但他采用的不是叙事的方式。他不刻画性格,不叙述情节,而是从他个人在纽约与巴黎的经历中不断引出一系列长篇大论、沉思冥想,以及回忆与梦幻。《黑色的春天》由十个独立的部分组成,但它还是被视为一个整体、一个有机的过程。在纷乱多变的风格和技巧背后,是主题和象征的一致性。

亨利·米勒在《黑色的春天》中所要表现的主题就是要向人们呈现一个真实的自我,他将这部作品看作他的一幅"自画像"。在亨利·米勒看来,真实的自我不仅在于自我的外在经历，更重要的在于自我的各种感觉、感受，自由的思想以及梦境与幻觉。他一直在写一本“梦幻之书”。1932年6月，他决定将这本“梦幻之书”整理出来，后来在1934年2月又决定让它成为整部作品的高潮，用梦幻来概括其主题。在《黑色的春天》中，可以说集中了亨利·米勒各种各样的艺术手法，这是他企图走出一条文学新路的尝试，也是他对现存文学传统的反叛。虽然书中出现了大量超现实的梦幻、纷繁多变的象征、对往事的意识流式的追忆，但是这一切的核心是要表现一个真实的自我，一个在西方文化氛围中，尤其是美国文化氛围中真实的自我，这同惠特曼当年所竭力表现的那种充满民主自由的美国精神的自我有异曲同工之妙。只是时代不同了，自我的含义也不同了，表现自我的手法自然就不一样。但是，我们也可以说，亨利·米勒表现自我时同惠特曼一样，采用了诗的形式。只不过惠特曼采用的是自由体诗，而亨利·米勒的《黑色的春天》则可以说是一部散文诗。虽然在亨利·米勒的作品中不再有惠特曼那种积极向上的乐观主义精神，但亨利·米勒面对现代西方社会的种种弊病与丑陋，甚至纠缠于可怕的噩梦之中，也还是心情愉快的，流露出一种艺术家玩世不恭的态度。而我们从他对艺术创新的种种努力追求中仍然可以看到一种自强不息的生命运动，一种对现实的批判和对真实人生的探索。

例如，《黑色的春天》中“天使是我的水印图案！”和“进入夜生活……”这两部分是尤为超现实主义的。前一个部分是以自动记录神灵凭附式的口述开始的，亨利·米勒本人似乎变成了一个被动的工具，一只把被动地接收到的信息记录下来的手。亨利·米勒像以勃勒东为首的超现实主义者一样，相信这样一种情感的下意识倾泻，是他最有灵感的创作之源。他在作品中谈到正常人甚至要去抄袭疯子的作品，这正是一种超现实主义的观点。在他看来，创新的艺术和疯狂之间是很接近的，而梦幻则可能比现实更真实。“进入夜生活……”这一部分就是对一个梦幻世界的描述。里面的形象都是不可思议、违背常情的，但又都是从现实生活的形象基础上生发出来的，真所谓日有所思、夜有所梦。亨利·米勒在这一部分中描述的梦境非常逼真，十分接近于人的心理现实。由于人一生中有相当一部分时间生活在这种心理现实中，所以要真实地写人，这样的心理现实是不可忽视的。当然，每个人都有自己的心理现实，所以一个人的心理现实对另一个人来说就是一个谜。但是由于人们各自的心理现实都有共同的客观现实作基础，所以一个人的心理现实仍然可以被别人理解，别人也可以对一个人自述的心理现实是否真实做出判断。亨利·米勒在这里描述的梦幻世界具有心理现实的高度真实性。由于心理现实在人的一生中占有十分重要的地位，因而在某种意义上讲，亨利·米勒描述自己的梦幻世界比单纯描述他的客观世界显得更真实。

再如，“杰勃沃尔·克朗斯塔特”那一部分是比较典型的达达主义之作，里面从头到尾都充满无意义的废话，许多词是生造出来的，有些词似乎有某种象征意义，但实际上毫无意义。词和词的搭配随意性很强，人物对话莫名其妙，一切都似乎是胡乱拼凑在一起的，但这一切都表现出作者对现实的一种精神反叛。达达主义是一场虚无主义艺术运动，其思想根源是出于对资产阶级价值观念的憎恨和对第一次世界大战的绝望。亨利·米勒写此书时，达达主义作为一场运动早已成为过去，但我们从他的作品中仍可以看到达达主义对欧美文学的深远影响。亨利·米勒将达达主义的手法作为批判西方文化传统的手段。

《黑色的春天》中最长的一部分是"裁缝铺"，主要写亨利二十刚出头时，大约是第一次世界大战前后，在他父亲的裁缝铺里工作时的一段经历和见闻，充满了怀旧的情感。这一部分采用的主要是写实手法，但叙事时常带有亨利·米勒特有的那种随意性，有点儿想到哪里就说到哪里的感觉。这一部分最感人的是作者对人与人之间真诚情感的怀念与向往，尤其是他送梅莉亚姨妈去疯人院的那段描述，他面对一个疯子感到自己缺乏真诚的感觉，令人读来有一种说不出的滋味。

《黑色的春天》是亨利·米勒在纷繁的主客观世界中寻找自我的尝试，我们初读时会感到坠入五里雾中，不知其所云，但读完之后，仔细回味，我们就会被作者苦苦寻求精神家园而且并不悲观的努力所感动。

献给

阿那依斯·宁

我能是我相信自己所是或别人相信我所是的人吗？我在这里用这些话作为面对未知的和不可知的我所做的自白。这个我对我自己来说，也是未知的和不可知的。我在这里创造出我必须将自己埋葬于其中的传说。

——米盖尔·德·乌纳穆诺

第十四区

凡不在那条大街上的东西，便都是虚假的、派生的，也就是说，是文学。

我是一名爱国者——布鲁克林第十四区的爱国者，那是我长大的地方。美利坚合众国的其余部分对我来说是不存在的，除非是作为一种观念、作为历史、作为文学而存在。十岁的时候，我就从土生土长的家园被赶了出去，搬到了一个公墓那里，一个路德派教堂公墓，那里的墓碑总是整整齐齐，花环的鲜花从不凋零。

但是我生在那条街，长在那条街。“后机械化的阳关大道，那里有最美丽最令人想入非非的钢铁生活方式”……诞生于白羊宫[1]之下，它赋予了一个火一般活跃的身子，精力充沛，又有

① 占星术中黄道十二宫的第一宫。——译者注，下同

点儿躁动不安。还有火星在黄道第九宫哩!

生在那条街上,意味着你一生游荡,自由自在,也意味着意外与偶然、戏剧性及运动,更意味着梦想。一种不相关事实的协调一致,这赋予你的游荡一种形而上的确定性。在那条街上,你懂得了人类究竟是什么;而不在那条街上,或离开那条街之后,你就虚构他们。凡不在那条大街上的东西,便都是虚假的、派生的,也就是说,是文学。被称为“冒险”的东西,没有一样接近过那条街的风格。无论你飞到北极去,还是手上戴着衬垫坐在海底,或者驱车去九个城市,一个接一个,或者像库尔茨那样,向河的上游航行,去发疯,这些都无关紧要。无论形势多么激动人心,多么难以忍受,总会有退路,总会有改善,有安慰,有补偿,有报纸,有宗教。但是一旦没了这一切,一旦你自由、疯狂、杀气腾腾……

你最初在这条街上所崇拜的男孩们,会留在你整整一生中。他们是唯一真正的英雄。拿破仑、列宁、卡彭[①]——全是虚构出来的。同第一次把我眼睛打青的埃迪·卡尼相比,拿破仑算得了什么!在我遇到的人中,似乎没有人像莱斯特·瑞尔顿那样高贵,那样有帝王风度,他只要一走到街上,就引起敬畏和赞美。儒勒·凡尔纳从来没有领我去过的地方,斯坦利·博罗夫斯基在天黑时让我拽着他的袖子领我去过。同约翰尼·保罗相比,鲁滨逊·克鲁索的想象力很贫乏。所有这些第十四区

---

① 即艾尔·卡彭(1899—1947),美国黑手党首领。

的男孩现在仍然形象鲜明。他们不是发明或想象出来的,他们是真实的。他们的名字就像金币一样掷地有声——汤姆·福勒、吉姆·巴克利、麦特·欧文、罗伯·拉姆塞、哈利·马丁、约翰尼·邓恩,更不用说埃迪·卡尼或了不起的莱斯特·瑞尔顿了。嘿,就是现在,我一说起约翰尼·保罗的名字,那些圣徒的名字就在我嘴里留下了臭烘烘的味道。约翰尼·保罗是第十四区活生生的奥德赛①,而他后来成为一个卡车司机,这不过是无关紧要的事实而已。

在发生大变化②以前,似乎没有人注意到那些街是丑陋还是肮脏。如果阴沟主排污道被打开,你就得捂着鼻子。如果你擤鼻子,你在手帕里看到的是鼻涕而不是鼻子。更多的是内在的宁静和满足。这儿有酒馆,有跑道,有自行车,有放荡女人,有遛蹄子的马,生活照样过得悠闲自在。至少在第十四区是这样。星期日早晨没有人梳洗打扮。如果戈尔曼太太穿着晨装,眼睛里带着眼屎,对神父鞠躬——"早上好,神父!""早上好,戈尔曼太太!"——这也无妨,这条街已经清除了所有的罪孽。帕特·麦凯伦在他礼服大衣的后衣襟里带着他的手绢;它放在那里很不错,很实用,就像他纽扣洞里的三叶苜蓿花。啤酒冒着泡,人们停下来互相聊着天。

我在梦中回到了第十四区,就像一个偏执狂回到他的迷狂中。当我想起海军造船厂里那些蓝灰色的军舰时,我看见它们

① 原是荷马的两部史诗之一,在这里泛指冒险,或讲冒险故事。
② 指犹太人大量迁入这一地区。

躺在那里，处在星相学的维度空间中。而我在这个空间中，则是军械工人、化学家、烈性炸药贩子、丧事承办人、验尸官、戴绿帽子的家伙、施虐狂、律师和争论者、学者、躁动不安者、蠢汉、厚颜无耻者。

别人想起他们的青年时代，就会想到一座美丽的花园、一位慈祥的母亲、一次海岸边的旅游，而我却生动地，就像用酸液蚀刻了一般清晰地记得，我家对面那家锡工厂面目可憎、被煤烟熏得黑不溜秋的墙和烟囱，以及散布在街上的亮晶晶、圆滚滚的锡块。其中有一些闪闪发光，另一些生了锈，色泽发暗，有点儿像铜的颜色，会在手指上留下锈斑；我记得火红的高炉发着灼光的钢铁厂，人们手中拿着大铲子走向火热的炉口，而在外面，浅浅的木制模型就像有竿子从中穿过的棺材，碰在上面，你会擦伤你的小腿，或是折断你的脖子。我记得那些满是铁锈迹的黑手，铁锈渣已深深地嵌入了皮肤里面，没有东西可以把它除去，无论是肥皂，还是拼命搓洗，还是金钱，还是爱情，甚至死亡，都无法将它除去。就像手上有一个黑色的标记！两手黑不溜秋，像鬼似的走进高炉——后来，又捧着鲜花，冷冰冰、一板一眼地穿着星期天的套装，可就是雨水也冲洗不掉那铁锈渣。所有这些漂亮的猩猩带着隆起的肌肉，带着腰部风湿痛，带着黑不溜秋的双手，去见上帝……

对我来说，整个世界都包括在第十四区的范围之内。区外发生的任何事情，不是没有发生过，就是无足轻重。如果我父亲到那个世界之外去钓鱼，我对此也毫无兴趣。我只记得他晚上回家时酒气熏天，他把大绿篮子打开，让那些眼珠突出的怪物撒了一地，在地板上扭来扭去。如果有人去打仗，我只记得这人在一个星期天下午回来，站在牧师家门前，把肚子里的东西全吐出来，然后用背心把它擦干净。这就是罗伯·拉姆塞，牧师的儿子。我记得每个人都喜欢罗伯·拉姆塞——他是败家子。他们喜欢他，是因为他是个饭桶，他对此供认不讳。是星期天还是星期三，对他来说毫无区别：你会看到他来到街上的遮篷下，手臂上挂着他的上衣，汗流满面；他的腿摇摇晃晃，就像一个水手在海上长期航行之后，上了岸，腿还是长时间不断地颤颤巍巍；他嘴里滴下烟草色唾液，伴随着热烈而又不出声的诅咒，还有一些大声说出的脏话。一个懒惰透顶、满不在乎的人，淫秽不堪、亵渎神圣的事他都做得出来。不像他的父亲，是一个上帝的人。不，一个唤起爱的人！他的弱点是人性的弱点，他有了这些弱点还自得其乐，骂骂咧咧，得意扬扬，像一支斗牛用的短标枪。他会来到暖洋洋的大街上，街上的煤气总管道爆裂，空气中满是阳光、大粪味儿和骂人的话。也许他的裤裆松开着，背带掉了下来；也许他的背心上吐满了亮晶晶的东西。有时候他冲到街上，像一头公牛冲过来四脚着地地滑行，然后整条街道像着了魔似的，人全跑光了，好像检修孔一下子打开，把人渣全部吞下。疯维利·曼会站在涂料店上边的小棚子上，把裤子扒下，玩那玩意儿想好事哩！他们在那里，站在干巴巴的电一般的爆裂声中，大街上的煤气总管道爆裂了。这一连串事情使牧师的心都碎了。

这就是他那时候的模样，这个罗伯·拉姆塞。一个永远处于狂饮欢闹中的人。他佩戴着奖章从战争中回来，肚子里有一团火。他在自家门前呕吐，又用自己的背心把呕吐的东西擦去。他比一挺机关枪更快地让街上的人全部跑光。开路！这就是他的方式。一会儿之后，他带着一腔热血，以他通常那种出色的、无所谓的方式，从码头的一端走下去，溺死了自己。

我那么清楚地记得他，记得他住的那所房子。因为我们在热烘烘的夏夜经常集会的地方，正是在罗伯·拉姆塞家门前的台阶上，我们在那里注视着街对面酒馆那边的动静。整夜人来人往，没有人费心去把百叶窗拉下。在举步之遥的地方，是一个叫作“巴姆”的脱衣舞小酒吧。“巴姆”周围都是酒馆。星期六晚上，“巴姆”外面排着长队，人们你推我挤地拼命挤到卖票的窗口。星期六晚上，蓝衣女郎真是得意至极，这时就必然会有某个从海军造船厂来的疯狂水手从座位上跳起来，抓掉了米莉·德·莱昂的一个吊袜带。那天晚上，一会儿工夫之后，他们肯定会漫步到街上，拐进住家的入口。不久他们就站在酒馆上边的卧室里，扒掉他们的紧身裤衩，女人们使劲扯下她们的紧身胸衣，像猴子似的抓来抓去。而楼底下，他们正拼命灌着啤酒，互相咬耳朵，发出这样一种尖声尖气的笑声，充塞在那酒馆里面，就好像冒着烟的烈性炸药。所有这一切都是从罗伯·拉姆塞家的门前台阶上看到的，这时他父亲正在楼上的煤油灯前做祷告，像一只可憎的雌山羊一般祈求有一个结束。在厌倦了祷告的时候，他就穿着睡衣下来，像一个老妖婆似的，用扫把伏击我们。

从星期六下午起，一直到星期一早上，这是一段没有尽头的时间，一件事情融入另一件事情中。星期六早晨就已经——这是怎么发生的，只有天知道——让你感到军舰停泊在大水坞里。星期六早晨我的心就已经蹦到喉咙口了。我会看见甲板被擦洗得干干净净，大炮被擦得锃光瓦亮，停泊在水坞肮脏而平静的水面上的那些海上大怪物的重量，沉重地压在我身上。我已经在梦想逃走，梦想到遥远的地方去。但是我最远只去了河的那一边，坐环行地铁到过北面的第二大道和第二十八街路口。在那里我演奏了香橙花华尔兹舞曲，幕间休息时，我在铁洗涤槽那里洗了洗眼睛。钢琴放在酒吧的最里面，琴键的颜色已经发黄，我的脚够不着踏板。我穿了一套天鹅绒的西服，因为当时穿天鹅绒很时髦。

河那边所进行的一切都是纯粹的疯狂：沙子地面，阿尔干灯[①]，云母画——画中的雪从不融化，手上沾满污点的疯狂德国佬，长了厚厚一层黏质苔藓的铁洗涤槽，屁股总是凸出在椅背上方的汉堡女人，弥漫着令人窒息的酸菜味的院子……一切事物都永远以四分之三节拍的节奏进行着。我走在父母中间，一只手插在我母亲的皮手笼里，另一只手插在我父亲的袖子里。我的眼睛紧闭着，就像壳一张开就要渗出液体的蛤蜊一样。

河那边进行的一切变化无常的潮流与气候全渗透在我的

① 瑞士人阿尔干发明的一种结构科学的油灯。

血液中。我仍然可以感觉到我在雾中、雨中倚靠的大栏杆上的滑溜,把我的额头弄得凉冰冰的雾和雨送来了渡船尖厉的汽笛声,它正徐徐开出渡船码头。我仍然可以看见渡船码头上长满苔藓的木板,当大圆船头的侧面擦过时,木板拱起,而绿色的汁液般的水则拍打着上下起伏、吱嘎作响的木制码头。头顶上海鸥在盘旋俯冲,用它们脏兮兮的嘴发出脏兮兮的噪音,一种非人类的吃喝享乐声,嘶哑而凶猛,它们的嘴不遗余力地攻击垃圾,它们的脏腿掠过翻腾的绿色水面。

人们不知不觉地从一种背景、一种年纪、一种生活,转向另一种。当人们走到街上,无论这是真的,还是南柯一梦,突然之间,他们会第一次明白,岁月在飞逝,所有这一切已经永远成为过去,将只会继续活在记忆当中;然后,记忆就会以一种夺人心魄的奇异光辉向内发展,人们会永远重复这些背景和事件,在梦中,在沉思冥想中,在街上行走时,在同女人睡觉时,在读一本书时,在同一个陌生人谈话时……这些记忆突然之间,然而又总是十分顽固、十分精确地侵入,像鬼魂一样出现,并渗透到每一个人的每一个毛孔中去。从此以后,一切都在变幻莫测的层次进行——我们的思想,我们的梦幻,我们的行为,我们的全部生活。我们以一种平行四边形的方式,从我们脚手架的一个平台掉到另一个平台。从此以后,我们呈分裂状地走进无数片断中,就像一条百脚昆虫,一条蠢蠢欲动的蜈蚣,拼命吸取周围的空气;我们带着感应丝行走,这感应丝贪婪地吸取过去与未来,所有事物都融入了音乐和哀伤;我们向着一个联合的世界走去，坚持我们的分裂。当我们行走的时候，所有事物都同我们一起分裂成无数五颜六色的片断。成熟期的大分裂，大变化。在青年时代，世界的恐怖与痛苦里里外外渗透了我们。在欢乐与悲哀之间没有明显的区分：它们融合成为一体，就像我们平时清醒的生活同梦幻与睡眠融合在一起一样。我们作为一个人在早上爬起来，晚上又走进海洋里，被彻底淹没，抓住星星与一时的狂热。

然后，突然之间，似乎一切都翻转过来的时候来到了。我们生活在心理中、观念中、片断中。我们不再吸取外面街上的疯狂音乐——我们只记得。像一个发狂者那样，我们复活了青年时代的戏剧。有如一只蜘蛛，一而再，再而三地按照某种迷幻的、对数式的图案继续吐丝。如果我们对一个胖乎乎的胸部动了心，那么这就是一个婊子胖乎乎的胸部，她在一个雨夜里弯下身子，第一次让我们领略了两个圆滚滚的大奶球的奇迹；如果对湿漉漉的铺石路的沉思激发了我们，那么这是因为我们七岁的时候，当我们心不在焉地凝视那条街明亮清澈的影像时，关于未来生活的预感突然像长矛一般刺中了我们。如果看到一扇正关上的门，我们对此很感兴趣，那么这是因为想起一个夏天的夜晚，所有的门都轻轻关上，在光线屈尊拥抱影子的地方，有金牛犊、金饰带和闪闪发光的阳伞。从关上的门缝里，像从细纱网中渗漏过一层红宝石那样，飘来音乐和不知是什么美妙东西的香味。也许当那扇门打开一点儿让我们窥见一小眼世面时，也许，我们这才第一次多少知道一点儿罪恶的巨大冲击力;第一次多少了解到在这里,在光中旋转的小圆桌上面,我们的脚悠闲地蹭着锯末,我们的手摸着玻璃酒杯冰凉的高脚;这里,在这些小圆桌上面,我们将带着这样的向往和敬畏看这些桌子;在这里,我说,我们将在未来的岁月里,第一次感受到爱的意志,锈斑,从炉坑里爬出来的爪子似的黑手,街上亮晶晶的圆锡块,令人生畏的煤烟色烟囱,在夏天的闪电中猛烈地甩来甩去的秃榆树,大雨倾盆而下时人们发出的尖叫声,而蜗牛则从热烘烘的地里爬出来,奇迹般地逃之夭夭,整个天空变成蓝色、黄绿色。这里,在这些桌子上面,听到第一声召唤,第一次遇到手的触摸,就会有痛苦的肠绞痛。酒在我们的肚子里变酸,痛苦从脚底心升起,在一只手的柔软而炙热的触摸下,圆桌面同我们骨子里的痛苦和狂热一起旋转。这里,有着一个又一个被埋没的传说,关于青春与忧郁,关于野性的夜晚和在湿路面反光中舞动的神秘胸脯,关于正抓来抓去、轻声嬉笑的女人,关于狂野水手的叫喊,关于在门厅前排着的长队,关于在雾中互相擦边的小艇和呼哧呼哧拼命喷着气、迎着浪潮而去的拖船,而在布鲁克林桥上,有一个人正痛苦地站着,等着跳下去,或等着写一首诗,或等着血液离开他的血管,因为如果他再前进一步,爱的痛苦就会杀死他。

梦的原生质是分离的痛苦。在肉体被埋葬后梦继续活着。我们用一千条腿、一千只眼睛走在街上,用毛皮似的触须寻找关于过去的最微不足道的线索和记忆。在漫无目的的来来回回当中,我们不时停下来,就像一些长长的、黏糊糊的植物。我们囫囵吞下了活生生的过去。我们柔顺地开始在夜间，在淹没了我们青春睡眠的血海当中畅饮。我们以一种不知满足的干渴畅饮。我们不再完整，我们生活在片断中，我们的各个部分都被最薄的膜隔开。这样，当舰队在太平洋里演习时，从你眼前闪过的，是关于青年时代的整部传说，是那条大街上的梦幻，是嘴上叼着垃圾在空中盘旋俯冲、发出声响的海鸥；要不，这是喇叭的声音和旗帜飘扬的声音，地球上所有未知的部分都在你眼前飘然而过，没有日期，没有意义，像那桌面一样在权力与荣耀的五光十色当中旋转。白天来临时你站在布鲁克林桥上，往下看那军舰上冒着烟的黑色烟囱，炮筒闪闪发亮，纽扣闪闪发亮，水奇迹般地在尖利的舰头下分开，发绿发蓝的水带着一种冷冷的白炽，带着香槟酒和火辣辣嘴巴的寒气，翻滚着，像冰和饰带，像破裂与烟雾，舰头以一种无尽的隐喻乘风破浪：沉重的舰身前进着，舰头始终在划破波浪，它的重量就是无法过磅的世界的重量，下沉到未知的大气压中，下沉到未知的地质裂缝和洞穴中，那里的水流发出音乐旋律的隆隆声，星星翻转消失，手伸上去抓，从来没有抓着，也没有挨近，只是抓，而星星却一颗接一颗地熄灭，无数颗星星，数不清的世界下沉到冷冷的白炽中，下沉到发绿发蓝的漆黑夜晚中，有碎冰，有香槟酒的灼伤，有海鸥嘶哑的叫声，它们的尖喙上因缠满了藤壶而显得肿大，它们脏兮兮的垃圾嘴在寂静的船龙骨底下永远塞得鼓鼓的。

人们从布鲁克林大桥上往下看一点儿泡沫，或一小摊汽油，或一块碎片，或一条空驳船；世界颠倒着经过，带着吞噬内脏的痛苦和光亮，肉体的两胁破裂，长矛扎向软骨，防身盔甲飘入虚无之中。从你身上经过的，有古代世界的疯狂语言、标记和预兆，墙上的文字，酒馆门上的裂缝，拿着陶土烟斗的玩牌人，衬托着锡工厂的那棵形容憔悴的树，带进棺材里的有锈斑的黑手。人们夜间走在街上，大桥衬着天空，像一架竖琴，溃烂的睡眼烧着了棚屋，糟蹋了墙壁；楼梯在浓烟中坍塌，耗子在天花板上奔逃；一个声音钉在门上，一些长长的爬行物有着毛茸茸的触须和一千条腿，从管子里掉下来，像汗珠一般。喜气洋洋、杀气腾腾的鬼魂，伴随着晚风的尖叫和下流男人的诅咒；有竿子从中穿过的低矮的、浅浅的棺材；倾吐悲哀的口水流到冰冷的、蜡一般的肉里，烧灼了死亡的眼睛，死蛤蜊被凿碎的硬壳。一个在变幻的层次上的圆形笼子，人们在其中来回走动，星星和云彩在自动扶梯下面，笼子的四壁旋转，有尾巴和爪子的男女，而在一切事物之上的是用钢铁和高锰酸盐写的字母。人们在圆形笼子里随着炮火猛烈的隆隆节奏，走了一圈又一圈；剧院着火，演员们继续说着他们的台词。膀胱胀破，牙齿脱落，但是小丑的恸哭就像头皮屑掉下的声音。人们在没有月光的夜晚，走在火山口形成的山谷中，死火和白骨堆的山谷，没有翅膀的飞鸟的山谷。人们走了一圈又一圈，寻找中心点，然而火已经烧成了灰，事物的性隐藏在手套里的手指中。

然后有一天，皮肉好像突然之间松开，肉下的血液和空气结合在一起，突然之间整个世界又咆哮起来，身体的骨骼像蜡一样熔化。这样的一天,也许就是你碰上陀思妥耶夫斯基的那一天。你记得那本书下面的桌布的味道;你看钟,这时候离永恒只有五分钟;你数壁炉架上的东西,因为数字的声音在你嘴里是一种全新的声音,因为新与旧、被触动与被忘却的一切都是一团火,是一种催眠。现在,笼子的每一扇门都敞开着,无论你走哪一条道,它都是一条通往无限的直线,一条疯狂的直线。在这条线上,激浪咆哮,大理石和靛青制成的大鸟猛扑下来,放下它们发热的蛋。从泛着磷光的波浪中,雄赳赳气昂昂地腾跃出随亚历山大大帝行军的搪瓷马,它们紧绷绷的健壮肚皮发出钙的灼光,它们的鼻孔浸在鸦片酊里。现在到处是雪和冰,猎户座的大饰带挂在海洋的胯部周围。

陀思妥耶夫斯基第一次从我的视野一闪而过的时候,正好是七点零五分,在百老汇大街和柯修斯科街的拐角上。两个男人和一个女人正在装饰一家商店的橱窗。那些人体模型从大腿中间往下全是铁丝。空鞋盒靠橱窗排成一行,像是去年的雪……

陀思妥耶夫斯基的名字就是这样闯了进来。毫不显眼地,像一只旧鞋盒。把他的名字告诉我的那个犹太人是个厚嘴唇;例如,他不会说符拉迪沃斯托克,也不会说喀尔巴阡山脉——但是他能神圣地说出陀思妥耶夫斯基。甚至现在,在我说陀思妥耶夫斯基的时候,我又看见他那肥厚的大嘴唇,在他发这个名字的音时,他喷出的唾液形成的一条细线就像拉长的一根橡皮筋。在他的两个门牙之间有一个大于通常情况的空隙;正是在这个空隙中间,陀思妥耶夫斯基这个词颤抖着、伸展着,一层五彩缤纷的唾液薄膜,在其中集中了黄昏时日光的全部金色——因为太阳正从柯修斯科街落下去,高架桥上的交通局面突然成了一种春天的解冻,一种嚼和磨的声音,就好像带铁丝腿的人体模型正在互相生吞活嚼。不久以后,在我来到慧骃国[①]的时候,我听到头顶上有同样的嚼和磨的声音,又有唾液在一个人的嘴里颤抖、伸展,在消失的阳光中五彩缤纷。这次是在龙之峡:一个男人拿着一根藤杖站在我的上方,脸上露出一种野蛮的阿拉伯人的微笑,啪啪啪地抽打着藤杖。好像我的大脑是一个子宫,世界的四壁再一次坍塌。斯威夫特的名字就像对着世界的锡板盖子拼命撒了一泡清脆响亮的尿。头顶上,那绿色的吞火魔王,他的美味肠子包裹在油布中;两颗巨大的乳白色牙齿大声咬在同打靶场和土耳其浴室相连接的抹了黑色油脂的嵌齿带上;嵌齿带滑过一个白色骨架。斯威夫特的绿龙带着一种无尽的撒尿声,从嵌齿上运动过去,将像通心粉一样被吸入的人类大小的侏儒碾细碾小。在食管的里外,在肩胛骨和乳突的上下左右,穿过无底的脏腑,汹涌澎湃,完全汹涌澎湃,胯部伸展滑动,嵌齿不断无情地运动,生吞活嚼所有挂在龙须上的细小通心粉。我观察那发出轰响的乳白色微笑,那种狂热的、来自梦乡之火的阿拉伯式微笑,然后我默默走进敞开的龙肚子里面。在骨骼上那些咬住旋转嵌齿的疯狂肋骨之间,慧

---

① 英国18世纪作家斯威夫特的长篇小说《格列佛游记》中描写的一个幻想国度。

驷国伸展在我的面前；我耳朵里那种咝咝的撒尿声，就好像人的语言是由矿泉水构成的。上上下下，在抹了油脂的黑带子那边，在土耳其浴室那边，穿过管乐演奏者之家，在天蓝色的水面上，在陶土烟斗和液体喷嘴上跳舞的银球之间：低于人类的浅顶软呢帽和班卓琴的世界，印花大手帕和黑雪茄的世界；从聚乙二醇[①]到温尼伯市场的黄油硬糖，爆破的啤酒瓶，玻璃丝糖浆和热玉米粉蒸肉，激浪咆哮和烘烤铁盘的咝咝声，泡沫和桉树，污垢，白垩，糖果，女人的雪白大腿，断桨；木制肋骨令人眼花缭乱地飞舞，麦卡诺拼图，永无休止的微笑，喷着火的野蛮阿拉伯人的微笑，血盆大口和绿色的肠子……

哦，窒息的、崩溃的世界，强健的白牙齿在哪里？哦，同银球、软木塞、救生圈一起下沉的世界，玫瑰色的头皮在哪里？哦，蛋，蛋白状的，哦，现在被嚼烂了的、光秃的世界，你冷冰冰、亮晶晶地躺在什么样的死亡之月下？

① 一种食品添加剂。

春天的第三或第四天

撒热喝凉，如特里马尔奇奥[①]所说，因为我们的大地母亲在中间，弄得像个鸡蛋似的，圆圆的，她身上有所有的好东西，像一个蜜蜂窝。

我在其中度过我一生中最重要岁月的那所房子只有三个房间。一间是我祖父在其中去世的房间。在葬礼上，我母亲悲伤得如此惊天动地，以致她都差不多要把我祖父从棺材里猛拽出来。我祖父的样子十分可笑，淌着他儿媳的眼泪，就好像他在为自己的去世而哭泣。

在另一间房间里，我姑妈生下一对双胞胎。当我听说双胞胎的时候，看到她如此瘦弱无力，我就对自己说——为什么是双胞胎？为什么不是三胞胎呢？为什么不是四胞胎呢？为什

① 古罗马作家佩特罗尼乌斯的小说《萨蒂利孔》中一位经常大宴宾客的暴发户。

么停下？她这样瘦小，这样蓬头垢面，房间这样小——绿色的墙壁，角落里有一个肮脏的铁洗涤槽，然而这是房子里唯一能够生下双胞胎——或三胞胎，或公驴的房间。

第三个房间是一个壁龛，在那里我得了麻疹、水痘、猩红热、白喉等使时间在幸福和痛苦中无限伸展的儿童时代的可爱疾病，尤其是天意为我在床头上方安了一个带格栅的窗户，还有吃人妖魔的爪子抓住格栅，大汗淋漓，像红宝石一般滚下，有如河水般迅速奔腾，雨后春笋般飞快生长，吃着厚厚的嫩牛排，手脚却比铅还要重，或者像雪一样轻。手脚被时间的海洋或无数光的区域所隔开，脑袋像一粒沙子一样藏起来，脚指甲在雅典废墟下的极乐中腐烂。在这个房间里我听到的只有蠢话。我每一次得了一场这种新的可爱疾病，我父母就变得更加糊里糊涂。（“你就想一想，你小时候我把你领到洗涤槽跟前，我说，宝贝，你不要再从瓶子里喝水了，好吧？你说不，我就在洗涤槽里打碎了瓶子。”）轻手轻脚地（“轻手轻脚地”，斯麦尔加科夫将军说），说不清有多大年纪的老处女索诺夫斯卡小姐穿着一件墨绿色的连衣裙来到这个房间里。她带来了陈奶酪的味道——她的性欲在连衣裙底下变成了陈腐奶酪的味道，但是索诺夫斯卡小姐也随身带来了耶路撒冷之劫以及深深刺穿了耶稣的手以致留下永久窟窿的钉子。在十字军东征以后是黑死病，哥伦布以后是梅毒，索诺夫斯卡以后是精神分裂。

精神分裂！没有人再认为全世界都得了疾病有多么奇妙。没有参照点，没有健康状况。上帝也同样会得伤寒热。没有绝对的东西,只有迟缓进展的光年。当我想起全欧洲都在与黑死病搏斗的那些世纪时,我就明白了,只要我们被咬对了地方,生活就会多么辉煌!在那种腐朽当中的舞蹈与寒热!欧洲也许永远不会再跳舞跳得如此销魂。还有梅毒!梅毒的到来!它在那里,就像一颗晨星悬挂在世界的边缘。

1927年,我在布朗克斯坐着听一个人读一个毒瘾癖的日记。那人几乎读不出来,他笑得那么厉害。两个完全没有联系的现象:一个人吃了镇静剂躺着,神经如此紧张,把脚伸出了窗外,让他的上半身留在狂喜之中;而另一个人,他是同一个人,坐在布朗克斯,把肠子都快要笑出来了,就因为他不理解。

哎,梅毒的伟大太阳正在落下。低能见度:给布朗克斯,给美国,给整个现代世界的预报。由阵阵笑的狂风伴随的低能见度。地平线上没有新的星辰。大灾大难……只有大灾大难!

我在思考着那个上帝再生,人们将为上帝而战、而杀戮的时代,因为现在,而且在未来很长一段时间内,人们都在为食物而战。我在思考着那个工作将被忘却、书本在生活中拥有其真正地位的时代。也许那时候不再有别的书本,只有一本大书——一本《圣经》。对我来说,书即人,我的书就是我所是的这个人,我所是的这个困惑不解的人,这个粗心大意的人,这个草率鲁莽的人,这个精力旺盛、淫秽不堪、吵吵嚷嚷、富有思想、顾虑重重、满嘴谎言、极其真实的人。我在想,在那个未来时代,我将不会被忽视。那时候,我的历史将变得举足轻重,我留在世界面孔上的疤痕将有重要意义。我不会忘记,我正在制造历史，一种像下疳一样蚕食掉其他无意义历史的秘史。我不是将自己视为一本书、一篇记录、一份文件，而是视为我们时代的一部历史——一部所有时代的历史。

如果我在美国不幸福，如果我渴望更多的空间、更多的冒险、更多的表现上的自由，那么，这是因为我需要这些东西。我很感激美国让我明白了我的需要。我在那里服徒刑。现在我没有需要。我是一个没有过去、没有未来的人。*我是*——这就够了。我不关心你的好恶；你相信我说的话是真是假，对我来说都无所谓。如果你现在就在这里同我断绝关系，我也不在乎。我不是一个喷雾器，你可以挤一下，让它喷出一股细细的希望之雾。我看见美国在传播灾难。我把美国看作世界的邪恶祸根。我看见长夜来临，那个毒害了世界的蘑菇在根部枯萎。

所以，我是带着一种末日——无论是明天，还是三百年以后——的预兆，狂热地写这部书的，所以，由于我的思想不时突然停下，我也只得不仅勇敢地，而且绝望地一再重新点燃火焰——因为没有一个我可以信任的人来为我说这些事情。我的支支吾吾，我的探索，我对任何一种表达方法的探求，都是一种神圣的结巴。*我被世界的辉煌崩溃搞得眼花缭乱！*

每天晚上吃过饭后，我把垃圾拿到下面的院子里。上来的时候，我拿着空桶站在楼梯口的窗户那里看蒙马特尔高地上的圣心教堂。每天晚上，当我把垃圾拿下去的时候，我就想到自己以辉煌的白色高高耸立在高地上的样子。给我灵感的不是圣心，不是我正想到的基督，而是一种胜于一位基督、大于一颗心的东西，是一种超越了我想到的万能上帝的东西——**我自己**。我是一个人。这对我来说似乎已经足够了。

我是一个上帝的人，一个魔鬼的人。说哪一个都合适。没有永恒的东西，没有绝对的东西。我面前始终是肉体的形象，我们一个阴茎两颗睾丸的三位一体之神。右面是圣父，左面垂得较低一点的是圣子，在他们中间的上方是圣灵。我永远不会忘记，这神圣的三位一体是人为的，它将经历无限的变化——但是只要我们长着胳膊、腿从子宫里钻出来，只要我们头顶上有星辰驱使我们发疯，脚下有草坪缓和我们身上奇迹的冲击，这个肉体就将一直适合我们吹奏出的所有曲调。

今天是春天的第三或第四天，我在克利希广场坐着，沐浴在充足的阳光中。今天，在这儿坐在阳光里，我告诉你，我才不管他妈的世界毁不毁灭，不管世界是对是错、是好是坏呢！它是——这就足够了。世界就是它所是的样子，我就是我所是的样子。我不是像一个盘腿坐着的菩萨说这话的，而是出于快乐的、不容怀疑的智慧，出于一种内在的安全感。在那里的这个，在我这里的这个，所有这一切，一切，不可解释的力量的合力。一种其秩序超越了理解的混乱。超越了人的理解。

作为人类，在黄昏时，在黎明时，在陌生的时刻，在神鬼出现的时刻，那种独自一人和独一无二的感觉使我强大到如此地步，以至于当我同芸芸众生走在一起，似乎不再是一个人，而只是一个斑点、一口痰的时候，我就想起自己一个人在空间中，在最辉煌的空荡荡大街包围中的一个单一存在，一个走在摩天大楼之间的人类二足动物，这时候其他居民已经逃走，我一个人走着，唱着，支配着大地。我不必到我背心口袋里去寻找我的灵魂；它一直都在那里，撞击着我的肋骨，随着歌声而膨胀、充气。如果我只是离开一个集会，在集会上大家一致认为，一切都已死亡，那么，现在当我一个人以上帝身份在街上走过的时候，我知道这是一个谎言。死亡的迹象不断出现在我眼前；但是，这种世界的死亡，一种不断进行着的死亡，它不是从外向内吞噬我，这种死亡就在我的脚下，从我身上往外移动，我自己的死亡总是领先于我一步。世界是我自己死亡的镜子，世界不比我死得更彻底，我在一千年以后比现在这个时刻更有活力，我现在正在其中死去的这个世界那时候虽然已死了一千年，还是比现在更有活力。当每一件事情都被经历到最后的时候，就没有死亡，没有遗憾，也没有虚假的春天；经历的每一个时刻都打开了更广大、更宽阔的地平线，这地平线只有去经历，它是无法逃避的。

梦想者只是在脖子以上梦想，他们的身体被扎扎实实地捆在电椅上。想象一个新世界就是每天去经历它，每一个思想，每一道眼光，每迈出一步，每做一个杀戮与娱乐的姿势，死亡始终领先一步。唾弃过去是不够的。称颂未来是不够的。人们必须表现得好像过去已经死亡，而未来则不可理解。人们必须表现得好像下一步就是最后一步，实际上它也是最后一步。向前迈出的每一步都是最后一步，一个世界也随之死亡，包括人们的自我。我们在这里属于一个从来没有终结的世界，过去从来不停止，未来从来不开始，现在从来不终结。这个我们抓在手里看见的从来不、从来不的世界，然而它不是我们自己。我们是从来没有结束、从来没有形状可以被人认出的东西，都在那里，然而却不是全部，而是如此大大超出于全部的部分，这种全部只有上帝、数学家才能计算得出来。

笑！拉伯雷提出忠告。为你所有的罪恶而笑！在我们将所有那些假药倒进喉咙之后，就是耶稣也难以施展他那清醒、快乐的智慧。当衬里磨破掉下肚子时，一个人怎么还能笑呢？在他们，那些脸色苍白、下巴突出、悲伤、痛苦、庄严、严肃、天使般的鬼怪，给我们带来所有的痛苦之后，一个人怎么还能笑呢？我理解唆使着他们的那种背信弃义。我原谅他们的天分，但是一个人很难从他们制造的悲哀中解脱出来。

当我想起所有那些被钉死在十字架上的盲信者，想起那些不是盲信者而是纯粹的白痴，因为观念而被屠杀的人时，我开始强作笑脸。我说，封锁住每一条可能逃跑的道路，把盖子使劲盖在新耶路撒冷的上面！让我们一起跳舞，没有希望！洗过的和没洗过的，凶手和福音传教士，脸色苍白的家伙和四分之三的月亮，风向标和子弹头——让他们只是更紧密地聚合在一起，让他们在这种死胡同里焦急烦恼上好几个世纪吧！

要不就是世界太松弛，要不就是我绷得不够紧。如果我变得难以理解，我就会立即被理解。理解与不理解之间的差别只有头发丝那样细，甚至更细，一毫之差，中国与海王星之间的一线之差。无论我变得多么不正常，相差的比例却始终是一样的；这和清晰、精确等无关。（“等”这个字很重要！）大脑会犯错误，因为它是一部过于精确的仪器；丝线碰在桃花心木的节子上，碰到雪松、乌木等硬东西，就会折断。我们谈论现实，就好像它是能用同一标准来衡量的东西，一首钢琴练习曲或一节物理课。黑死病随十字军的归来而至。梅毒随哥伦布的归来而至。现实也将来临！基本的现实，我的朋友克朗斯塔特说。引自一首写于海底的诗……

预言这个现实，要么只有一毫之差，要么就有一百万光年之差。这差别是街道的交叉所形成的量。一个量就是人们试图将自己挤进参照系所造成的功能紊乱。一个参照就是从旧雇主那里被解雇，也就是说，是一场旧的疾病分泌出的一种黏液。

这些是诞生于那条街上的思想，有癫痫症状的那一类。你弹着吉他走出去，琴弦绷断——因为观念在形态上没有被嵌入。要回忆梦境，人们必须闭上眼睛，一动不动。只要稍一动弹，整个结构分崩离析。在街上，我将自己暴露给我周围的毁灭性瓦解因素。我让一切都带我陷入它自己的大混乱中去。我弯下腰暗中监视这些秘密过程，服从而不是支配。

我的生活有很大很大的部分已经永远消失了。很大很大的部分消失、散布、浪费在谈话、行动、回忆、梦想中。从来没有任何时候我是在过一种生活，一个丈夫、一个恋人、一个朋友的生活。无论我在哪里，无论我做什么事情，我都在过着多种生活。因此，我选择来视为我的故事的东西，无论它是什么，它都湮灭，淹没了，不可分解地同其他人的生活、戏剧、故事融合在一起了。

我是一个旧世界的人，一颗被风移植的种子，一颗没有在美国这块蘑菇般迅速发展的绿洲中开花的种子。我属于过去的那棵大树。我在肉体上、精神上的忠贞，是在欧洲人这一边，那些曾经是法兰克人、高卢人、北欧海盗、匈奴人、鞑靼人等的欧洲人。适合我身心的气候在这里，这里有活泼与腐朽。我不属于这个世纪，我为此感到骄傲。

对于那些不能胜任启示行为的占星家，我要在我的死亡宇宙的边缘附加上一些占星术用的笔画出的道道……

我是下疳，前后左右横行霸道的螃蟹。我在陌生的热带地区活动，经营烈性炸药、尸体防腐剂、碧玉、没药、祖母绿、清澈的鼻涕、豪猪的脚趾。因为天王星越过我的黄道，所以我过于喜欢窟窿眼儿、热猪肠及水瓶。海王星控制了我的星位。这意味着我是由清水般的液体构成的，我容易挥发，充满幻想，靠不住，有独立性，转瞬即逝，而且好争吵。屁股底下放一个热垫子，我可以扮演吹牛家或小丑，扮得像任何人一样好，无论他是在哪一宫下诞生的。这是一幅只画缺失部分的自画像——一只锚，一只开饭铃，一把胡子的残余，一头奶牛的臀部。一句话，我是一个消磨时间的游手好闲者。除了天赋以外，我绝对没有任何东西需要花大力气去显示，但是，即使在一个懒散天才的一生中，也会有这样的时候：不得不跑到窗口去，把多余的行李扔掉。如果你是一个天才，你就必须这样做——即使没有别的理由，而只是要建立一个你自己的可以理解的小小世界，它不会像一只走八天的钟，发条走完后就停下！你扔出去的东西越多，你就越受到邻居的敬仰。直到你发现自己一个人在最高层次。那时候，你就在脖子上绑一块石头，脚朝下跳下去。这会引起神秘解释的释梦同涂油膏所致的汞毒性口炎一起完全毁灭。你有晚间的梦，白天的狂笑。

所以，当我站在小拇指酒吧旁，看见这些人四分之三的脸从地狱的活板门里冒出来，用滑轮和支架拖拉火车头、钢琴、痰盂时，我就对自己说："妙！妙！所有这些小玩意儿，所有这些放在银盘子上送到我跟前的机械！很妙！妙极了！这是我睡着时创作的一首诗。"

我关于写作学到的一点点东西就是这个：它不是人们认为它是的那个样子。它绝对因人因时而异。例如瓦尔帕莱索[①]。当我说瓦尔帕莱索的时候，它指的是某种同它以前所指的任何事物完全不同的东西。它可以指一个一颗门牙也没有的英国娘儿们和站在街中间招徕顾客的酒吧女招待；它可以指一个穿丝绸衬衫的天使，他那缠绕丝带的手指在一架黑色竖琴上飞舞；它可以指一个土耳其苏丹的宫女，有蚊帐围绕着她的屁股；它可以指这些事物中的任何一件，或者什么也不指；但是无论它指什么，你都可以肯定，它将是某种不同的东西，某种新的东

① 智利中西部港口城市。

西。瓦尔帕莱索始终是终结前的五分钟,在秘鲁的这边一点儿,或许还要近三英寸。它是你发着烧偶然走完的平方英寸,因为你屁股底下有一个热垫子,还有圣灵在你肠子里——包括矫形术的错误。它意味着"撒热喝凉",如特里马尔奇奥所说,"因为我们的大地母亲在中间,弄得像个鸡蛋似的,圆圆的,她身上有所有的好东西,像一个蜜蜂窝"。

现在,女士们先生们,用我拿在手里的这把小小的万能开罐器,我正要打开一罐沙丁鱼。用我拿在手里的这把小小的开罐器,这完全一样——你要开一盒沙丁鱼,还是一家药店。这是春天的第三或第四天,我已经告诉你好几次了,尽管这是一个乏味、邋遢、令人缅怀往事的春天,温度计把我逼得像一只臭虫一样发疯。你以为我一直坐在克利希广场,也许是在喝着开胃酒。事实上,我是坐在克利希广场,但那是两三年以前。我确实站在小拇指酒吧旁,但那是很久以前,从那以后一只螃蟹一直在咬我的命根子。所有这一切都是在地铁(头等厢)里以这句话开始的:"我曾经是的那个人,我现在不再是他了。"

走过铁路调车场的时候,有两件可怕的事情把我烦得要命——其一,如果我把眼睛稍稍抬高一点儿,眼睛就会从我的脑袋上迸出去;其二,我的肛门正在掉出来。有一种紧张状态如此强烈,以致全部思维过程立即变成菱形六面体了。我考虑到静止,想象全世界都宣布度假。在那天,有那么多自杀的,以致都没有足够的车来拉尸体。从波特那里的铁路调车场走过,我闻到从牲口列车上传来令人作呕的恶臭。就像这样:今日全天，昨日全天——当然是三四年以前——它们一直身体紧挨，心惊胆战、满身大汗地站在那里。它们的身体满含着厄运。从它们身旁经过时，我的头脑十分清醒，我的思想水晶般清澈。我这样急于要吐出我的思想，以至于竟在黑暗中从它们身边跑了过去。我也十分害怕。我还大汗淋漓，气喘吁吁，嗓子冒烟，满含着厄运。我从它们身边经过，就像一封邮寄的信件。要不然不是我，而只是某些念头，我只是这些念头的通报者。这些念头已经贴上标签，做好记录，已经封好，盖上戳子，印上水印图案。它们——我的念头串联着闪过，像带电的线圈。是超越幻想生活呢，还是带着幻想生活？这是一个问题。在我内心，有一颗令人惊叹的宝石，它不会磨损，一颗我夜间逃走时用来划窗玻璃的宝石。牲口哞哞、咩咩地叫着。它们在那里，站在自己粪便的热烘烘恶臭中。我现在又听到A小调四重奏的音乐，听到琴弦一阵阵痛苦激动的拨弄声。我内心有一个疯子，他乱劈乱砍，直至他最终消除了混乱。完全消灭，同较少的、较模糊的消灭相区别。以后就没有什么东西可以肃清的了。一个光轮迅疾滚到悬崖跟前——从悬崖滚进无底深渊。我，贝多芬，我创造了它！我，贝多芬，我摧毁了它！

从现在起，女士们先生们，你们正在进入墨西哥。从现在起，一切都将奇妙而美好，惊人地美，惊人地妙。越来越惊人地美妙。从现在起，不再有晾衣绳，不再有背带，不再有法兰绒衬衣。总是夏天，一切都忠实于形式。如果是一匹马，那它就始终是一匹马。如果是中风，那它就是中风，而不是圣维特斯舞蹈症。没有凌晨时的妓女,没有栀子花。没有街沟里的死猫,没有汗。如果是一片嘴唇,那它就一定是一片永远颤抖的嘴唇。因为在墨西哥,女士们先生们,始终是正午,发光的是倒挂金钟,死去的就是死去的,而不是鸡毛掸子。你躺在水泥床上,像一支乙炔火炬一样睡觉。当你发现一样东西是丰富的,那它就是富源;当你发现它不是丰富的,那它就是痛苦,比痛苦更糟。没有琶音,没有装饰音,没有华彩段乐章。要么你抓住线索,要么你不抓住线索。要么你以纯粹的旋律开始,要么你以防腐溶液开始。但是没有炼狱,没有长生不老药。这是第四田园诗,或者第十三区!

一个星期六下午

这赛过读维吉尔。

这是一个星期六下午，这个星期六下午截然不同于所有其他的星期六下午，但又绝对不像一个星期一下午或星期四下午。在这一天，我骑车去纳伊桥，经过罗宾逊小岛。岛的另一头是教堂，教堂里的小塑像有如钟状花冠口中的子叶。我是这样有一种在家的感觉，以至于感到，我竟然出生在美国，这似乎令人难以置信。平静的水面上有渔船，有标明航道的铁桩，有拖着长长的弧度、吃水很深的拖船，有黑色的敞舱驳船和明晃晃的支柱，天空从不变化，河流弯弯曲曲，群山起伏，环抱着山谷，一幅永远在千变万化然而又经久不变的全景图，三色旗固定标志下生活的多样化与运动。所有这一切都是塞纳河的历史，它在我的血液中，并将进入那些在一个星期六下午随我之后沿着岸边而行的人们的血液中去。

当我沿着去默东的路，在布洛涅那边的桥上经过时，我掉转头，驶下山进入了塞夫勒。从一条无人的街道上经过，我看见一个花园里的小餐馆；阳光正从树叶缝里漏下来，照得桌子闪闪发光。我下了车。

什么东西赛过读维吉尔或熟记歌德（一切易逝的东西都只是一种比喻，等等）呢？嘿，在伊西莱穆利诺的室外凉棚下吃一顿八法郎的饭。然而我是在塞夫勒。没关系。近来我一直在想写一本我想象在伊西莱穆利诺发现的《狂人日记》。因为这个狂人主要是我自己，所以我不是在塞夫勒而是在伊西莱穆利诺吃饭。女招待拿着一小瓶啤酒走过来时，狂人说什么？在你写作时不要担心出错。传记作家会解释一切错误的。我想起我的朋友卡尔，他最近花了四天时间着手描绘他正写到的那个女人。“这个我没法做！这个我没法做！”他说。很好，狂人说，让我来为你做这个。开始！这是主要的事情。假定她的鼻子不是鹰钩鼻？假定这是一只很漂亮的鼻子呢？有什么区别呢？如果一幅肖像一开始就弄得很糟糕，这是因为你不是在描绘你心目中的那个女人：你考虑得更多的是那些将观看肖像的人，而不是为你而坐在那里的那个女人。拿范诺登来说——他是另一个例子。他两个月来一直在试着写他的小说。每次我遇见他，他的书都有了一个新的开头，但从来就只是开头。昨天他说：“你看见了我的问题所在。这不光是一个如何开头的问题：第一句话就定下了全书的基调。这里是我几天以前写的一个开头：但丁为一个叫作 H——的地方写了一首诗。H 加破折号，因为我不想在书刊审查官那里惹什么麻烦。”

想一想一本以H加破折号开头的书吧！一个小小的私人地狱绝不会得罪书刊审查官吧！我注意到，惠特曼开始写一首诗时，他这样写：“我，沃尔特，现在三十七岁了，身体完全健康！……我随兴之所至……我热爱我自己……沃尔特·惠特曼，一个宇宙，曼哈顿的儿子，躁动，丰满，性感，吃喝，繁殖……拆掉门上的锁！从门框上拆掉门本身……在此或从今往后，对我完全一样……我以我的真实面目存在足矣……”

对沃尔特来说，始终是星期六下午。如果那女人难以描绘，那他就承认这一点，在第三句话那里就停下来。下个星期六，天气允许的话，他就可以补上一颗缺掉的牙齿，或踝部。一切都可以等待，可以等待它的时机。“我绝对接受时间老人。”而我的朋友卡尔，他有着臭虫般的活力，却急得尿裤子，因为四天过去了，他手里只有一张底片。“我不明白，”他说，“为什么我会死——不包括不幸的意外事故。”然后他搓着手，把自己关在房间里，实践他的不朽。他就像藏在墙纸背后的一只臭虫。

热辣辣的太阳晒透了凉棚。我神志昏迷，因为我在迅速死亡。每一秒钟都很重要。我没有听见刚才嘀嗒过去的那一秒钟——我像疯子一样依恋着还没有报告自己到来的这一秒钟……什么东西赛过读维吉尔呢？这个！这个还没有在嘀嗒声或节拍中界定自己、不断扩张的时刻，这个摧毁了一切价值、地位、差别的永恒时刻。这个时刻正从一个隐藏的源泉往上往外喷涌。没有真理可言，没有智慧可以传授。喷涌与潺潺声，同时对所有人说话，到处，用所有的语言。现在是疯狂和清醒之间最薄的一层面纱。现在一切都如此简单，以致一切都是骗人的。从这大醉的山巅，人们驱车下到健康的高原，人们在那里读维吉尔、但丁、蒙田以及所有那些只谈论那个时刻、那个永远被听到的扩张的时刻的其他人……同时对所有人谈话。喷涌与潺潺声。这是我把酒杯举到嘴边，同时看到苍蝇停在我的小手指上的时刻；苍蝇对这个时刻来说，就像我的手，像手里拿着的酒杯，像酒杯里的啤酒，像随啤酒一起产生又随啤酒一起消失的想法一样重要。这是一个这样的时刻：我在此时懂得了，一个“去凡尔赛”或“去叙雷讷”的标志，以及所有指示这个或那个地方的标志，都应该不予理睬，人们应该始终走向没有标志指示的地方。这是一个这样的时刻：我选择坐在那里的那条无人街道人山人海，而所有那些人山人海的街道则空空如也。这是一个这样的时刻：任何餐馆都是真正的餐馆，只要它不是别人指给你的就行。这是最好的食物，虽然这是我尝过的最糟糕的食物。这是除了天才以外没有人碰的食物——总是伸手就可以够着，容易消化，让你吃了还想吃。“罗克福尔干酪，味道怎么样？”女招待问。好得不能再好了！自干酪生产以来最不新鲜、蛆虫最多、最劣等的干酪，爬满了但丁、维吉尔、荷马、薄伽丘、拉伯雷、歌德的蛆虫，曾经有过并钻进干酪的所有蛆虫。想吃这块干酪，人们还必须得有天分。这是我将自己埋在其中的干酪，我，米格尔·费奥多·弗朗索瓦·沃尔夫冈·瓦伦丁·米勒。

引桥是用鹅卵石铺的。我把车骑得这样慢，以致每一块鹅卵石都分别向我的脊柱传去一个截然不同的信息，并通过脊椎一直传到那只疯狂的笼子，延髓在其中闪亮着它的信号灯。当我在塞夫勒过桥时，看看我的左右，我在过任何桥，无论它是在塞纳河、马恩河、乌尔克河、奥德河、卢瓦尔河、洛特河、香农河上，还是在利菲河上，无论是在东河上，还是在哈得孙河、密西西比河、科罗拉多河、亚马孙河、奥里诺科河、约旦河、底格里斯河、伊利瓦第河上，我越过任何一座桥时，也就越过了所有的河，包括尼罗河、多瑙河、伏尔加河、幼发拉底河。在塞夫勒过桥时，我像疯子圣保罗一样喊叫——“哦，死亡，你的刺痛在哪里？”我后面是塞夫勒，前面是布洛涅，但是在我脚下经过的这，这在某个地方以无数同时存在的细流发源的塞纳河，这来自亿万个源头的平静的喷涌，这面携着云彩前进并窒息了过去的镜子，奔腾向前，向前，向前，而我则在镜子和云彩之间横向运动，我，一个完全的法人实体，一个结束了无数世纪的宇宙，我和我脚下经过的这，在我头顶上飘过的这，以及我全身奔腾的一切，我和这，我和那，结合成一个连续的运动，这塞纳河和有桥跨过的每一条塞纳河都是一个正骑自行车过桥的人的奇迹。

这赛过读维吉尔……

回头朝圣克卢而去，轮子转得非常慢，疯狂的灰色笼子里的记速器咔嗒咔嗒地响着，像放新闻片。我是一个其测压计完好无损的人；我是一个机器上的人，机器操纵着一切；我捏着刹车骑车下山；我可以同样心满意足地踩古代惩罚犯人的踏车，让镜子在我头顶上过，历史在我脚下过，或者相反。我骑着车，沐浴在充足的阳光里，一个除了光的现象以外对一切都无动于衷的人。圣克卢山在左面高耸在我面前，树木俯身在我头顶上，用树荫遮蔽着我，道路很平坦，漫长且没有尽头，小塑像像子叶一般在教堂的钟声里休憩。一切中世纪或中年都是好的，无论在历史还是在人身上。阳光充足，道路向每一个方向伸展，所有道路都是下坡。我不会把道路铲平，也不会消除任何颠簸。每一次颠簸都给信号塔传去一个新的信息。我记下了经过的所有地点：要追溯我的思想，我只需追溯我的旅程，重新感受这些颠簸。

在圣克卢桥那里我完全停下。我不慌不忙——我有一整天要消磨。我把自行车放在树下的支架里，去小便池撒尿。全是肉汁，甚至小便池里也是。当我站在那里望着房子正面的时候，一个娴静的年轻女人把头探出窗外，盯着我看。有多少次我这样站在这个笑眯眯的仁慈世界里，阳光沐浴着我，小鸟儿叽叽喳喳疯狂啼叫，有一个女人从敞开的窗户往下看我，她的微笑碎成了柔软的小点点，小鸟将它们采集在嘴里，存放在小便池的底部，水在那里富有旋律地汩汩流淌。一个男人走过来，裤裆敞开着将他膀胱里装的热腾腾的东西浇在正溶解的碎屑上。就这样站着，心扉敞开着，裤裆敞开着，膀胱敞开着，我似乎回想起我去过的每一个小便池——所有最愉快的感觉，所有最奢侈的回忆，就好像我的大脑是一个被许多垫子压得喘不过气来的大沙发，我的一生就是在一个使人懒洋洋的炎热下午打了一个长长的瞌睡。美国放了一个尿壶在芝加哥的巴黎展览中心，我一点儿也不觉得奇怪。我认为它应该在那里，我认为这是法国人应该欣赏的一件礼物。对了，倒是没必要在它上面飘扬三色旗。这太过分了一点儿！然而，一个法国人怎么会知道，首先吸引美国参观者的目光，使他激动，使他一直暖到内脏里面的东西之一，就是这只无处不在的尿壶呢？一个法国人怎么会知道，美国人在看一个公共小便池或小便斗或诸如此类随便你愿意叫它什么的东西时，给他留下深刻印象的是这样的事实：他是在一个承认不时有撒尿必要的民族中间，这个民族还知道，撒尿的时候，人们必须得用阴茎，如果不是当众撒尿，就得在背地里撒尿，在街上撒尿并不比在地下让一个老流浪汉盯着你，不准你小便更不合适。

我是一个大量撒尿、经常撒尿的人，他们说这是伟大精神活动的一种标志。无论它怎么样，我知道，当我在纽约街上行走时，我是在不幸之中。我不断想知道，下一步该在哪里停下，我是否能坚持那么久。冬天，在你身上一个子儿也没有、饥肠辘辘的时候，中途停下，在一个暖洋洋的地下公用厕所里待儿分钟，真是不错，春天到来时，这就是另一回事了。有人喜欢在阳光里，在盯着你、朝你微笑的人们中间撒尿。虽然蹲下在一个瓷壶里放空其膀胱的女性并不怎么雅观，但是，有任何感觉的人都不会否认，看着男性站在一块锡板条后面，带着那种心满意足、悠闲自在的空洞微笑，那种长久的、怀旧的、舒适的眼神往外观望人群，是一件好事。把满满的膀胱放空是人类的一大快乐。

我专门喜欢去某些小便池——如聋哑人收容所外面的破旧车辆，在圣雅克街和拉贝德莱佩街的拐角；或者卢森堡公园附近“赫金森轮胎”那里的那一个，在达萨斯街和基纳美街的拐角。这里，在春天里一个暖和的夜晚，由于什么样一连串互相关联的事情，我不知道，也不关心，只是我重新发现了我的老朋友鲁滨逊·克鲁索。整个晚上都是在回忆、在痛苦和恐怖中度过的，快乐的痛苦，快乐的恐怖。

“这个人一生的奇迹”——原版本的序言这样说——“超过了现在可以发现的一切；一个人的一生几乎不可能经历更大的变化。”这个岛现在大家知道叫多巴哥，在浩瀚的奥里诺科河的入海口，在特立尼达西北三十海里的地方。鲁滨逊在那里孤独地生活了二十八年。沙滩上的脚印如此漂亮地凸现在封面上。那个星期五。伞……为什么这个简单的故事使18世纪的人如此着迷呢？请看拉鲁斯词典：

> ……关于一个人的冒险故事，他被抛到一个荒岛上以后，找到了自给自足的手段，甚至为自己创造了一种相对的幸福，这在另一个人类——野蛮人星期五——到来之后得以完成，是鲁滨逊把他从敌人手里夺下来的……这部小说的趣味不在于心理上的真实，而在于大量详细的细节，这给

人一种强烈的真实印象。

所以,鲁滨逊不仅找到了生活下去的手段,而且甚至为自己建立了一种相对的幸福!妙哉!一个满足于相对幸福的人,因而是一个非盎格鲁-撒克逊人!因而是一个前基督徒!把这个故事带到最新的时代,把拉鲁斯词典抛开,我们要在这里讲一个想要为他自己建立一个世界的艺术家,一个关于也许是第一个真正的神经病患者的故事,他自己凿沉了船,为的是在他时代之外生活在一个他自己的世界里,这个世界他可以和另一个人类,甚至一个野蛮人分享。特别要指出的是,在将他的神经病冲动付诸实施的时候,尽管他独自一人在荒岛上,也许除了一支旧猎枪和一条破裤子以外什么也没有,可他确实找到了相对的幸福。一段清白的历史,有两万五千年的后马格德林时代的进步埋在他的神经细胞中。18世纪的相对幸福观念!在星期五到来时,虽然星期五只是一个野蛮人,不说鲁滨逊的语言,但圆却完成了。我想再读一下这本书——将在某个下雨天读。一本卓越的书,达到了我们了不起的浮士德文化的顶点。像卢梭、贝多芬、拿破仑、歌德那样的人刚冒出地平线。整个文明世界用九十七种语言整夜整夜不睡觉读着它。一幅18世纪现实的图画。从此以后不再有荒岛。从此以后一个人无论碰巧生在哪个地方,那个地方就是一个荒岛。每一个人都是他自己的文明沙漠,他在上面遭遇失事的自我之岛:幸福,无论是相对的还是绝对的,都是不可能的。从此以后,每个人都逃离自己去发现一个想象的荒岛,实践鲁滨逊·克鲁索的这场梦。追随着麦尔维尔、兰波、高更、杰克·伦敦、亨利·詹姆斯、D.H.劳伦斯等成千上万的经典作家。他们当中没有人找到幸福。兰波找到了癌。高更找到了梅毒。劳伦斯找到了结核病。瘟疫——就是它。管它是癌、梅毒、结核病,还是什么别的东西。瘟疫!现代进步的瘟疫:殖民化、贸易、免费《圣经》、战争、疾病、假肢、工厂、奴隶、疯狂、神经病、精神变态、癌、梅毒、结核病、贫血症、罢工、闭厂停工、饥饿、无效、空虚、不安、奋斗、绝望、厌倦、自杀、破产、动脉硬化、夸大狂、精神分裂、疝、可卡因、氢氰酸、恶臭炸弹、催泪瓦斯、狂犬、自我暗示、自我陶醉、心理治疗、水疗、电按摩、吸尘器、干肉饼、粒状麦粉、痔疮、坏疽。没有荒岛。没有天堂。甚至没有相对幸福。人们如此疯狂地逃离自己,以致他们在冰块底下,在热带沼泽地里寻求拯救,要不然他们就爬上喜马拉雅山或者在同温层使自己窒息……

使18世纪人们着迷的是末日的幻景。他们已经活够了。他们要一步一步地追溯着,重新爬回到子宫里。

这是拉鲁斯词典的附录……

在卢森堡公园附近的小便池里给我留下深刻印象的是,书里包含什么内容,真是太无关紧要了;重要的是读书的时刻,是包含着书的时刻,是明确并且始终把书放在一间房间的生活氛围中的时刻。这间房间阳光明媚,有着使人康复的气氛,普通的椅子,破地毯,做饭洗涤的味道,母亲的肖像显得很重要,像图腾崇拜似的,窗户临街而开,投射出懒洋洋伸展的杂乱形象,多节的树木,电车线,房顶上的猫,从晾衣绳上跳下来的零碎噩梦,正关上的酒馆门,打开的阳伞,结成块的雪,滑倒的马,飞转的发动机,结了霜的窗玻璃,发芽的树木。鲁滨逊·克鲁索的故事之所以吸引人是因为——至少对我来说——我在其中发现它的那个时刻。它继续活在越来越大的幻觉效应中,一种充满着幻觉效应的生活的生动部分。对我来说,鲁滨逊·克鲁索和维吉尔的某些部分属于同样的范畴——或者,现在是什么时候?因为无论什么时候我想起维吉尔,我就自动想起——现在是什么时候?我认为维吉尔是一个秃头,戴着眼镜,往后翘着椅子,在黑板上留下了一个油印渍;一个神志不清、张着大嘴的秃头,他连续四年来每星期有五天装作神志不清;一张满口假牙、发出这样一些奇怪的天书般胡言乱语的大嘴:稀稀疏疏有几个人在荒凉的大海上漂浮[①]。我生动地回想起他说这句话的发音中所带有的那种亵渎神圣的欢乐。一句了不起的话,据这个秃头、凸眼珠的婊子养的所说。我们审视这句话,从语法上分析它,我们拾他的牙慧,我们将这句话像鱼肝油一般吞下,我们将它像治消化不良的药一般咀嚼,我们像他那样张开大嘴,我们一年又一年在一周的五天里一天接一天地复制着奇迹,就像磨损的唱片,直到维吉尔完蛋,永远离开我们的生活。

但是每次这个凸眼珠杂种张开大嘴,吐出这个辉煌句子的时候,我听到了那一刻让我听到的最重要的话——现在是什么

① 该句出自罗马诗人维吉尔的史诗《埃涅阿斯纪》卷一。

时候？马上该去上数学课了。马上该去休息了。马上该去洗餐具了……我是一个将对维吉尔和他那句操蛋的“稀稀疏疏有几个人在荒凉的大海上漂浮”诚实的个人。我不脸红，不结巴，没有一点儿不知所措，没有一点儿遗憾或后悔地说，在厕所里的休息值一千个维吉尔，过去值，也将永远值。在休息时我们觉悟起来。在休息时我们这些非犹太教徒，这些没有更好意识的人变得神志不清：我们从小隔间跑进跑出，把门关得砰砰响，把锁弄坏。我们似乎得了震颤性谵妄。在我们用食品互相开火、大叫大骂、互相绊跟头时，我们不时念念有词——稀稀疏疏有几个人在荒凉的大海上漂浮。我们引起的噪声如此之大，造成的损坏如此之多，以致当我们这些非犹太教徒去厕所的时候，拉丁文教师竟跟着我们一起去，或者如果他那天在饭馆吃饭，那么历史教师就跟我们进去。他们会做鬼脸，站在厕所里，手里拿着抹了黄油的美味三明治，听我们这些小家伙放屁及发出粗厉的叫声。他们一离开厕所，去呼吸一下新鲜空气，我们就高声唱起歌来，这是不该受到指责的，但是这无疑是一种大受那些戴眼镜的教授们忌妒的状况，尽管他们很有学问，但他们自己也不得不时常使用厕所。

哦，厕所里的奇妙休息！我对薄伽丘、拉伯雷、佩特罗尼乌斯、《金驴记》等的知识，都要归功于这些休息。你可以说，我所有有益的阅读都是在厕所里进行的。最糟糕的情况下，也是读《尤利西斯》，或一本侦探小说。《尤利西斯》中有些段落只能在厕所里读——如果人们想要充分吸取其内容的味道的话。

这不是诋毁作者的才能。这只是要使他更接近那出色的一伙：阿伯拉尔、彼特拉克、拉伯雷、维永、薄伽丘——所有那些卓越的、精力充沛的真正精灵，他们承认大粪就是大粪，天使就是天使。卓越的一伙，没有维吉尔的那句话。厕所越是摇摇欲坠，越是要塌似的，就越好。（小便池也一样。）要欣赏例如拉伯雷——像“如何重建巴黎城墙”那一段——我就推荐一个简陋的农村厕所，在一块玉米地里的一个户外厕所，有从门里照射出来的一小片新月状的光亮。没有按钮好揿，没有链子好拉，没有粉红色手纸。就一个做工粗糙的座，大到足够把你的屁股框在里面，还有两个适合于其他屁股尺寸的洞眼。如果你能带一个朋友来，让他坐在你旁边，那就好极了！一本好书在好伙伴中总是会得到更多的欣赏。你可以同一个朋友一起坐在户外厕所里消磨掉美好的半小时——将终生伴随你的半小时，以及它所包含的书及其味道。

我说，你把一本伟大的书带到厕所去，绝无损于它的伟大。只有渺小的书才会因此而受损。只有渺小的书才会被当作擦屁股纸。《小恺撒》[①]就是这样一本书，现在已被翻译成法语，构成了《激情》系列。翻着书页，就好像我又回到家里，读着大字标题，听着他妈的收音机，坐着铁皮马车，喝着廉价杜松子酒，用玉米棒子操初出茅庐的妓女，把黑鬼吊死，活活烧死。这是让人拉肚子的东西。《大西洋月刊》或其他月刊，都是同样情

① 威廉·赖利·伯内特（1899—1982）于1929年所作的一部小说。

况，奥尔德斯·赫胥黎、格特鲁德·斯泰因、辛克莱·刘易斯、海明威、多斯·帕索斯、德莱赛，等等，都是这么回事。当我将这些老家伙带到抽水马桶那里去的时候，我并没有听到我内心有钟声响起。我一拉链子，他们就进了下水道。流入塞纳河，进了大西洋。也许一年以后，他们又冒出来——在康尼岛、米德兰海滨、迈阿密的岸边，同死水母、蜗牛、蛤蜊、废避孕套、粉红色手纸、昨天的新闻、明日的自杀在一起……

不再从钥匙孔里窥视！不再在暗中手淫！不再有公开的忏悔！从门框上拆掉门！我想要一个女性生殖器在其中显现为一道天然纯洁缝隙的世界，一个对骨骼、轮廓、天然原色有感受力的世界，一个对其动物起源既害怕又尊敬的世界。我讨厌看所有痒痒的、乔装打扮的、毁形的、理想化的窟窿眼儿。暴露出神经末梢的窟窿眼儿。我不要看少女偷偷在闺房里手淫，或咬指甲，或揪头发，或躺在一张满是面包屑的床上读整整一章书。我要马达加斯加人葬礼上用的杆子，动物叠动物，最上面是亚当和夏娃，夏娃的两腿之间有一道天然纯洁的缝隙。我要两性人，真正的两性人，而不是带着萎缩的阴茎或干窟窿眼儿走来走去的冒牌货。我要一种古典式的纯粹，大粪就是大粪，天使就是天使。例如，英王詹姆斯一世钦定的《圣经》英译本。不是威克利夫[1]的《圣经》，不是拉丁文《圣经》，不是希腊文《圣经》，不是希伯来文《圣经》，而是那部辉煌的、致命的《圣经》。

---

① 即约翰·威克利夫（1330?—1384），英国神学家、欧洲宗教改革运动的先驱，曾把拉丁文《圣经》译成英语。

它的产生，是在英语全盛时期，是在两万词汇就足以建立一块永久的丰碑的时候。一部用瑞典语或爪哇语写成的《圣经》，一部给霍屯督人或中国人读的《圣经》，一部不得不在法语的流沙中蜿蜒曲折地流淌的《圣经》，都不是《圣经》——这是假货、冒牌货。英王詹姆斯一世钦定的《圣经》英译本是由一个碎骨机的种族产生的。它复活了原始奥秘；复活了强奸、凶杀、乱伦；复活了癫痫、性虐待狂、夸大狂；复活了魔鬼、天使、龙、海中怪兽；复活了魔术、驱邪、传染病、符咒；复活了兄弟残杀、弑君、弑父、自杀；复活了催眠术、无政府主义、梦游；复活了歌曲、舞蹈、马戏表演；复活了占卜、阴间、神秘、奥秘；复活了权力、邪恶、光荣，这光荣就是上帝。一切都以巨大的规模出现，加了盐、香料，以便一切都能持续下去，直到下一个冰河时代。

一种古典的纯粹，然后——让邮政当局见鬼去吧！因为，如果古典作家们真的一直活下去不死，而我们和我们周围的一切却在死亡，那么究竟是什么使他们能够活着呢？如果不是他们身上的盐保护了他们，又是什么东西使他们不受时间的蹂躏呢？当我读佩特罗尼乌斯或阿普列尤斯或拉伯雷时，他们显得多么接近啊！那种咸味！那种动物园的味道！马尿和狮子粪的气味，老虎的呼吸和橡皮的气味。污秽、欲望、残酷、厌烦、智慧。真正的阉人。真正的两性人。真正的阴茎。真正的窟窿眼儿。真正的宴席！拉伯雷用人类的窟窿眼儿重建了巴黎的城墙。特里马尔奇奥把他自己的嗓子弄得痒痒的，连他自己的肠子都吐了出来，在他自己的泔水中打滚。在圆形剧场里，一个高大、睡眼惺忪的性反常者一般的恺撒心情沮丧，懒洋洋地躺着，狮子、豺、鬣狗、老虎、金钱豹都在嘎吱嘎吱地嚼着真正的人骨头——而前来的人——殉道者和低能儿，正走上金色的楼梯，高呼哈利路亚！

当我涉及厕所的主题时，我重新经历了我的某些最好的时光。站在布洛涅的小便池那里，圣克卢山在我的右边，窗户上的女人在我上边，太阳晒在平静的河水上，我看见我这个古怪的美国人正将这种宁静的感受传递给那些将随我而来的其他美国人，他们将在法国某个迷人的角落站在充足的阳光里，把他们饱满的膀胱放空。我祝愿他们一切都好，不要有肾结石。

我顺便推荐一下我很了解的某些其他小便池，那里也许没有女人对你微笑，但是那里有一堵断墙、一座旧钟楼、一座宫殿的正面、一个满是彩色遮篷的广场、一个马槽、一座喷泉、一群鸽子、一个书摊、一个蔬菜市场……法国人几乎总是选对了地方来建他们的小便池。我立即想起在卡尔卡松的一个小便池，如果我选好时间，它会让我看到那个城堡无可比拟的景象。它的位置如此之好，除非一个人有负担，或心神错乱，不然它必然会令人升起同样的汹涌澎湃的自豪感，同样的惊奇与畏惧，同样的对此景象的强烈依恋。疲惫的骑士或修道士曾歇在山脚下，那里现在奔腾着冲刷掉时代风尚的小溪，当他们抬头注视在风卷残云的天空映照下被炮火熏黑的可怖塔楼时，他们曾有过同样的感受。

我立刻又想到另一个小便池——就在阿维尼翁[1]的教皇宫外面。离那个迷人的小广场仅一箭之地。在春天的夜晚，广场上几乎尽是天鹅绒和花边、面具和五彩纸屑；时光如此静静流淌，以至于人们可以模糊听见小号吹响，过去像幽灵般溜过，然后淹没在深沉的击锣声中，粉碎了夜晚的无声音乐。离那个红灯闪耀的朦朦胧胧的小区仅一箭之地。在那里，你会在傍晚的清凉中发现弯弯曲曲的小街道上有忙忙碌碌的活动，女人们穿着泳装或者衬衣，懒洋洋地在门前台阶上，嘴里叼着香烟，招呼过路行人。夜幕降临时，墙壁似乎长到一块儿去了，从汇集到广场的各个小巷里拥来一帮好奇的饿汉，他们堵住了狭窄的街道，成群结队地到处乱转，像拖着尾巴寻找卵细胞的精子一样，无目的地冲到这里，冲到那里，最后被妓院敞开的无底洞吸了进去。

现在，当人们站在教皇宫旁边的小便池那里时，他们几乎不知道这另一种生活。教皇宫巍然屹立，冷冰冰的，像坟墓一般，面对着一个荒凉空旷的广场。它对面是一幢样子可笑的建筑物，叫作音乐学院。它们立在那里，隔着一块空地面面相觑。教皇们离去了。音乐没有了。一个辉煌时代的一切光彩和言论全消失了。要不是因为学院后面的那个小区，谁会想象教皇宫高墙里面的那种生活曾经是什么样子？在这座坟墓曾经活着的时候，我相信，教皇宫和底下弯弯曲曲的小巷是不分开的；

① 法国东南部城市，历史上曾经是教皇都城。

我相信,那些肮脏破旧,用碎瓦做屋顶的小房子一直排列到教皇宫门前。我相信,教皇从他豪华的窝里走出来,进入明媚的阳光中时,他立即就和他周围的生活沟通了。壁画上仍然保留了那种生活的某些痕迹:户外的生活、狩猎、钓鱼、赌博、鹰、犬、女人、闪光鱼。一种奔放的天主教式的生活,有强烈的忧郁,也有焕发的青春,由罪恶、慈悲、悔悟构成的生活,一种由浅褐色和金棕色、由染有酒渍的袍子和橙红色流体构成的生活。教皇宫一个角落里有一间神奇的小房间,在那里人们可以俯瞰阿维尼翁各种令人难忘的屋顶和罗讷河上的断桥。在这间他们说教皇写训令的房间里,壁画仍如此之新,如此自然,如此充满生气,甚至这个今天是教皇宫的坟墓也似乎比户外世界更生气勃勃。人们可以想象,教会的一位伟大神父坐在他的写字台旁,面前放着一份教皇训令,胳膊肘旁边有一只大酒杯。人们还可以很容易地想象一个胖乎乎的漂亮荡妇坐在他的大腿上。而楼下,在那宽敞的大厨房里,各种动物正被叉子叉着在火上烤,教会的其他上层人物——一帮饕餮之徒,正在高墙深院的舒适与安全感中心满意足地狂喝滥饮。没有教会宗派,没有无益而琐细的分析,没有精神分裂。当疾病来临时,它横扫了贫民窟和宫殿,横扫了富有的教皇住地,也横扫了穷困的农民住地。当上帝之灵下凡到阿维尼翁时,它没有在路对面的音乐学院那里止步,它穿透高墙、肉体、等级。它在红灯区和山上都同样声势浩大地蔓延。教皇不可能把他的女人们抱起来放到一边就没事了。墙里墙外是一种生活:信仰、私通、流血。基本的色彩。基本的激情。壁画讲述着故事。它们如何经历了每一天，而一个整天就比书本更有吸引力。教皇咕噜着说出来的话是一回事——他们命令画在墙上的东西是另一回事。语言已经死亡。

天使是我的水印图案!

这几页的目的是叙述一件杰作的起源。这件杰作正挂在我面前的墙上;它现在已经干了。我把这写下来,是要记录这个过程,因为我也许绝不会再有第二件这样的杰作了。

我们必须回过头去一点点……整整两天我都在拼搏着。如果用一句话来描述的话,我应该说我就像一颗卡了壳的子弹。这几乎是绝对精确的,因为当我今天早晨从梦中醒来时,留下来的唯一形象,是我那只像旧礼帽一样被压皱了的大衣箱。

关于第一天的拼搏是难下定义的,但是拼搏之激烈,足以使人瘫痪。我戴上帽子,前往雷诺阿①展览会,从雷诺阿展览会到卢浮宫,从卢浮宫到里沃利街——这里已不再像是里沃利街

① 即皮埃尔·奥古斯特·雷诺阿(1841—1919),法国印象派画家。

了。我坐在那里,为过往的怪物所吸引,喝了三小时啤酒。

第二天早晨,我带着要做点儿事情的信念爬起来。我处于一种敏锐的轻度紧张状态,这是一个好兆头。我的笔记本就放在我旁边。我把它拿起来,心不在焉地用拇指很快翻着它的页边。我又翻一遍页边——这一次更为专心了。笔记是用隐晦的词句写成的:一个简单的词组也许记录了一年的拼搏。有些句子我自己也破译不出来了——留待我的传记作者去破译吧。我还是一心想着今天要写下来的念头。我想我只是在翻着笔记本做准备工作,但是在我匆忙地扫视这些笔记本的时候,不幸的事情正在发生。

发生的事情是我接触了梅莉亚姨妈。现在我的整个生命都一下子涌上来,就像一股从地里冒出来的喷泉。我正同梅莉亚姨妈一起步行回家,我突然明白她疯了。她正问我要月亮。"就在那上面!"她尖叫,"*就在那上面!*"

这句话冲着我尖叫的时候,大约是上午十点。从这一时刻起——一直到今天凌晨四点——我一直受着无形力量的控制。我把打字机放到一边,开始记录口述于我的东西。成篇成篇的笔记,关于每一个事件,我都被提醒到哪里去找到来龙去脉。放有我分类手稿的所有文件夹都被腾空,手稿摊了一地。我拿着一支铅笔躺在地板上,狂热地注释我的作品。这进行了一遍又一遍。我兴高采烈,同时又很担忧。如果以这样的速度进行下去,我会得脑溢血的。大约三点钟的时候,我决定不再服从。我要出去吃东西。也许午饭后,一切就烟消云散了。我骑上自行车,为的是让血液从脑袋里流走。我没有带上笔记本——故意这样。如果听写重新开始,那就倒霉了。我是出来吃午饭的!

在三点钟的时候,你只能吃冷餐了。我要了份加沙拉调味汁的冷盘鸡。这比我平时多花一点儿钱,但这正是我之所以要这菜的原因。在争辩了几句之后,我要了一瓶烈性勃艮第红葡萄酒,而不是通常的普通葡萄酒。我希望所有这一切能分散我的注意力。这葡萄酒应该让我有点儿困意才行。

我接着喝第二瓶,桌布上写满了笔记。我的脑袋十分轻飘飘。我要了奶酪、葡萄和糕点。我很吃惊,我的胃口怎么这么好!然而,不知怎么的,食物好像没有下到我的胃里;好像别人正在为我吃掉这一切。嗨,至少我得为此付账!那是实实在在的……我付了账,重新骑上车,在一家咖啡馆停下,喝一杯清咖啡。两脚无法站稳。有一个人正不断对我口述——毫不考虑我的健康。

我告诉你,一整天就这样过去。我早就投降了。行,我对自己说。如果今天有这些念头,那么就有这些念头。公主殿下,悉听吩咐。我拼命干,就好像这正是我自己要做的事情。

吃了饭我感到很疲倦。那些念头仍然在淹没我,但是,我已经如此精疲力竭,以致现在我只能往后躺着,让这些念头像电按摩一样在我身上跳来蹦去。最后我变得十分虚弱,只能拾起一本书来,休息一下。这是一期旧杂志。我将在这里找到安宁。使我吃惊的是,书页打开时,出现了这样几个字:“歌德及其魔鬼”。铅笔又来到我手中,边页上记满了笔记。这已是深夜。我很高兴。听写停止了。又是一个自由人了。我他妈的如此快活,以至于很想知道,我是否该在坐下来写作以前骑车出去兜一圈。自行车就在我房间里。它很脏。我是说那自行车。我拿起一块破布,开始擦车。我擦干净每一根辐条,给车彻底上了油,把挡泥板擦得锃亮。它变得新崭崭的。我将穿过布洛涅森林……

在我洗手的时候,我突然感到肚子里绞痛。我饿了,这就是原因。好,既然听写停止了,我可以随心所欲。我打开一瓶酒,切下一大块面包,吃起了香肠。香肠里满是大蒜。很好。在布洛涅森林,没人注意大蒜味。再来一点儿葡萄酒。又一块面包。这一次是我在吃了,不会搞错的。另外几顿饭全浪费了。葡萄酒和大蒜香喷喷地混合在一起。我打了几下饱嗝。

我坐下来歇一会儿,抽支烟。在伸手可以够着的地方有一本小册子,大约三英寸见方。它的标题是《艺术与疯狂》。骑车结束了。无论如何已经太晚了,不能再写了。我突然感到我真正要做的事是画一幅画。1927 年或 1928 年,我正在逐步成为画家。我时常过一阵就画一幅水彩画。你会突然有这样的感受:你想要一幅水彩画,你就画一幅水彩画。在疯人院里,他们发疯地傻画。他们画椅子、墙壁、桌子、床头……一种惊人的生产力。如果我们卷起袖子,像这些白痴一样去工作,我们一生中还有什么事情不能完成啊!

我面前那幅夏朗东的好友画的插图有极好的品位。我看到一个男孩和女孩紧挨着跪在一起，他们手里拿着一把大锁。艺术家没有画男女生殖器，而是赋予他们以钥匙，互相贯穿着的大钥匙。锁上也有一把大钥匙。他们的样子很快活，有一点儿心不在焉……在八十五页上有一幅风景画。它看上去就像希莱尔·希勒[1]的绘画之一。事实上，它比希勒的任何一幅绘画都好。它的唯一独特之处在于，前景上有三个毁了形的小人。也不是毁得很厉害——他们只是看上去太笨重，他们的腿承受不住。画的其余部分无可挑剔，只有吹毛求疵的人才会对此感到恼火。此外，世界会如此完美，以至于任何地方都没有三个人头重脚轻吗？我似乎感到，疯子有权像我们一样发挥他们的想象力。

我十分迫切地想要开始。同样，我想不出什么东西来。听写停止了。我有点儿想抄袭这些插图中的一幅，但是，然后我就有点儿为自己感到羞耻——抄袭一个疯子的作品是最坏形式的一种剽窃。

好，开始！就是这东西。先画一匹马！我心中模模糊糊地有我在卢浮宫看到的伊特鲁里亚马的印象。（注意：在所有伟大的艺术时代，马都是与人非常接近的！）我画了起来。我当然从这动物最容易画的部分开始——马屁股。给尾巴留下一点儿空间，以后可以加上。我刚一开始画躯干，就马上注意到我画得太长了。记住，你是在画一匹马——而不是一根肝泥香

① 希莱尔·希勒（1898—1966）：美国画家、音乐家。

肠。我模模糊糊,模模糊糊地感到,我在黑色花瓶上看到的那些爱奥尼亚马似乎有长长的躯干;腿在身体里面开始,由一条在蜡纸上刻出的细线条勾出轮廓,你能不能看到这线条,全看你的解剖学本能了。心里想着这个,我就决定画一匹爱奥尼亚马,但是现在新的困难又来了。是腿的问题。在你只有你的记忆力可以依靠时,一条马腿的形状是很叫人捉摸不定的。我所能想起来的只有丛毛以下的部位,也就是说蹄子。在蹄子上画肉是一项很棘手的工作,极其棘手,而且要让马腿和身子自然地衔接上,不能好像是用糨糊贴上去的一样。我的马已经有了五条腿:最简单的方法是将其中一条变成一个勃起的生殖器。说时迟,画时快。现在它就像公元前6世纪的陶俑一般站立着。还没有尾巴,但是我在屁眼上方留下了一块空间。尾巴可以随时加上。主要问题是要使它显出动态,使它作腾跃状。于是我扭曲了前腿。它有一部分已处于动态中,其余部分还是站着一动不动。只要加上样子合适的尾巴,我就可以把它变成一只漂亮的袋鼠了。

在做腿的实验时,我把肚子画坏了。我尽最大努力把它修补好——直到它看上去像一座圆丘。不管它。如果我画完时,它看上去不像一匹马,我总是能把它变成一座圆丘的。(我不是看见在一只花瓶上有人睡在马肚子里吗?)

不仔细审视马的脑袋,就很难想象画马脑袋有多难。要把它画成一个脑袋而不是一个饲料袋。把眼睛画上去而不能让马发笑。要使表情保持马的样子,而不能变成人的样子。在这时候，我坦率地承认，我完全厌恶了我的本领。我想把马擦去重画，但我讨厌橡皮。我宁愿把马变成一架发电机或大钢琴，也不愿意把我的作品全部擦掉。

我闭上眼睛，试着十分宁静地在心中画一匹马。我得意扬扬地对着鬃毛、肩膀和肋腹部搓手。我似乎清晰地记得一匹马有什么感觉，尤其是苍蝇叮它时它抖动身子的样子，还有静脉血管那种热烘烘的蠕动。（在丘拉维斯塔[1]我常常在去田野之前用马梳梳刷公驴。我想——要是我能把它画成一头公驴，这会多少是一种安慰哩！）

于是我从头开始——这次先画马鬃。马鬃完全不同于猪尾巴，也不同于美人鱼的头发。基里科[2]在他的马上画的鬃毛棒极了。瓦伦丁·普拉克斯的也一样。马鬃很重要，我告诉你——它不仅是鬃毛的波浪。其中必须得有海洋，有许多神话。构成头发、牙齿、指甲的东西构不成马鬃。这是两回事……但是，在我陷入这种困境时，我知道，在着色的时候，我可以使自己摆脱困境。素描只是为着色寻找理由。颜色是托卡塔曲：素描属于观念领域。（米开朗基罗看不起达·芬奇是有道理的。有什么东西比《最后的晚餐》更可怕、更概念化到令人作呕的地步呢？有什么东西比《蒙娜丽莎》更矫揉造作呢？）

我说，加一点儿颜色就可以使马鬃富有生气。肚子确实有点儿不对劲，我明白。很好。在该凸出的地方我画成凹进去

---

① 美国加利福尼亚州南部城市。

② 即乔治·德·基里科（1888—1978），意大利画家。

的，要不就相反。现在我的马突然奔驰起来，鼻子里喷着火，但是它的两只眼睛仍然看上去有点儿傻，有点儿太像人类了。因此，擦掉一只眼睛。妙。它变得越来越像马了。它的样子还变得有点儿逗人喜爱——像电影里的查理·蔡斯一样。

为了使它保持在它所代表的种类范围内，我最后决定给它画上条纹。我的想法是，如果它不失其顽皮，我可以把它变成一匹斑马。于是我就添上了条纹。现在，妈的，它似乎成了用纸板做成的。条纹把它展平了，把它贴到了纸上。嘿，如果我再次闭上眼睛，我应该能回想起沁扎诺[①]商标上的马——它也有条纹，漂亮的条纹。也许我应该下楼去要一瓶开胃酒，看一眼沁扎诺的商标。现在要开胃酒有点儿晚了。也许我终究要搞点儿剽窃。如果一个疯子可以画一个骑自行车的人，他也能画一匹马。

很奇怪——我发现有男女众神，有魔鬼、蝙蝠、缝纫机、花盆、河流、桥梁、锁和钥匙、癫痫病患者、棺材、骷髅——但是却没有他妈的马！如果编辑这本小册子的那个疯子想要引起真正深刻的观察，他就会说些什么来评论一下这种奇怪的疏忽。没有马的时候，就是从根本上出了毛病！人类艺术和马携手同行。暗示象征主义者和意象派有点儿出了毛病，或曾经出了毛病，都是不够的。在对疯狂的研究中，我们想要知道，马的情况怎么样了！

① 一种意大利苦艾酒的牌子。

我再次转向八十五页上的风景画。这是一幅出色的构图，尽管有几何图形的僵化倾向（疯子像法国人一样，对逻辑和秩序有一种可怕的迷恋）。我从现在起有事做了：山、桥、台地、树木……疯子艺术的伟大功绩之一是：一座桥永远是一座桥，一所房子永远是一所房子。前景上倚靠着手杖的三个小人对构图来说并非绝对必要，尤其是因为我已有了那匹占据了相当大空间的爱奥尼亚马。我正寻找马的背景，景色上要有某种十分引起怀念、十分引起兴趣的东西，要有雉堞状的护墙，有圆锥形高丘上的陡坡，有开很多窗户的房子，就好像里面的住户十分害怕窒息似的。它很会令人联想到风景画的起源——然而它又完全在所有特定的时期之外。我应该粗略地说，它的范围介于乔托①和桑托斯·杜蒙特②之间——只有一点点未来后机械化街道的模糊暗示。现在，有这个作为我前进的向导，我便鼓起了勇气。干吧！

就在马屁股底下，它的臀部在那里开始，也在那里结束，萨尔瓦多·达利③很可能会在那里画一把路易十五式的椅子或一根手表发条，我则开始用自由自在的手笔画一顶草帽，一只甜瓜。草帽底下我画了一张脸——心不在焉地，因为我的念头是大量的，包罗万象的。随着线条的暗示性偏差，我的手落在了勃起的阴茎上，它曾经是第五条腿，现在我把它弯成了一个人

① 即乔托·迪·邦多纳（1266?—1337），意大利文艺复兴初期画家、雕刻家、建筑师。

② 桑托斯·杜蒙特（1873—1932）：巴西航空发展的先驱者。

③ 萨尔瓦多·达利（1904—1989）：西班牙超现实主义画家。

的胳膊——就这样！现在我画成了一个戴着大草帽的人正在呵马屁股的痒。妙！妙极了！如果这看上去有点儿古怪，有点儿不符合原始构图的仿中世纪特点，那我总是能将之归因于给予我灵感的那个疯子的心理失常。（在这里，第一次有一种怀疑进入我的头脑：也许我自己也不太正常了呢！但是在三百六十六页上说："最后，对马蒂斯[①]来说，对事物的感受力能充分表现出来，不受理智的支配，也没有视觉的精确性：这就是表现的开始。"）接下去……画那个人的脚，我又遇到了一些小小的困难，可我把他的下半身放在护墙后面，于是就解决了问题。他俯身在护墙上，很可能在做梦，同时他又在呵马肋骨的痒。（沿着法国的各条河流，你经常会碰见俯身在护墙上做梦的人——尤其在他们撒了一泡尿之后。）

为了缩减我的劳动量，也为了看一看将留下多少空间，我加上了一些粗斜纹或板子，作为桥面。就构图而言，这至少毁掉了这幅画的三分之一。现在是台地、陡坡、三棵树、雪山、房子以及房子上的所有窗户。这就像拼板玩具。无论什么地方的一座悬崖画得不太好，我就在什么地方把它变成一所房子的侧面，或隐藏着的另一所房屋的屋顶。我画着画着，渐渐靠近了那幅画的顶端，很幸运，画框在那里把事物都截去了。剩下要做的事就是画上树——和山。

现在树又是非常棘手的事情。要画一棵树，而不是一束

① 即亨利·马蒂斯（1869—1954），法国野兽派画家、雕塑家、版画家。

花！尽管我把叉状的闪电画在簇叶里面，提供一个结构上的暗示，但还是不行。然后，用几片空中的云彩来去掉一些多余的簇叶（总有一条妙计使你的问题简单化，这就是把东西去掉）。但是云彩看上去像结婚用的花束上吹落下来的几片薄纸。云彩如此之轻，什么也算不上，可它却不是薄纸。每一件有形式的东西都有看不见的实质。米开朗基罗终生寻找着这实质——在大理石中，在韵文中，在爱情中，在建筑中，在罪恶中，在上帝中……（第三百九十页："如果艺术家寻求真正的创作，那么，他关心的就不是这样的对象：这种东西可以根据创作的需要而被牺牲掉。"）

我开始画山——像穆罕默德。到现在，我开始明白解放的意义。一座山！一座山是什么？是一堆永远不受磨损的烂泥，至少，在历史时间中是这样。画一座山太容易了。我要画一座火山。我要为我的马寻找一个理由来喷鼻息和腾跃。逻辑！逻辑！"疯子流露出对逻辑的始终不渝的关心！"（法国人亦然。）嗨，我不是疯子，尤其不是一个法国疯子：我可以有一些自由，尤其是自由处置一个低能儿的作品。于是我先画火山口，一直画到山脚，同桥体结构和下面房子的屋顶衔接起来。画错的地方，我就画成了山腰里的裂缝——代表火山造成的破坏。这是一座活火山，它的侧面正在爆裂。

在我全部画完的时候，我手上拿了一件衬衣。一件衬衣，真的！我可以认出领口和袖子。它需要的一切就是一个罗杰斯·皮特的标签和十六号，或者你需要的尺寸……但是，有一样东西十分清晰地屹立着，这就是那座桥。它很古怪，要是你画成一个拱形，桥的其余部分就会自然而然地与之相适应。只有一个工程师才会毁掉一座桥。

就素描而言，画几乎已经完成了。底部一些松散的线条末梢，我连起来画成了公墓的大门。在左上角有一个火山留下的窟窿，我在那里画了一个天使。一个有着原始本性的人，一个纯粹无缘无故的发明，具有高度的象征性。这是一个悲哀的天使，肚子凹陷，翅膀用伞骨撑着。他似乎是从超越我观念核心的地方降临的，神秘地盘旋在人类现在已经失去的爱奥尼亚烈马的上空。

你曾坐在火车站里看人们消磨时间吗？他们坐着不是有点儿像垂头丧气的天使吗——足背折断，肚子凹陷？在这永恒的几分钟里，他们被宣判独自待着——不是得有伞骨撑着他们的翅膀吗？

宗教艺术中的所有天使都是虚假的。如果你想看天使，必须去中心车站或圣拉扎尔车站。尤其是圣拉扎尔车站——车站大厅。

我的绘画理论是尽快搞完素描，任意涂上色彩。我毕竟是一个善于运用色彩的画家，而不是一匹役马。那么，把颜料管拿出来吧！

我开始用深棕色天然颜料画一所房子的侧面。不太有效。在它旁边的墙上我掺和了大量深红色茜素。有点儿太糟糕，太意大利化了。总之，我的颜色一开始就着得不那么好。有一种阴雨天的气氛,多少令人想起于特里约[1]。我不喜欢于特里约的安谧的愚蠢,不喜欢他的阴雨天,也不喜欢他的郊区街道。我不喜欢他的女人们冲你撅着屁股……我取出切面包的刀子。还是试一下厚涂吧。正在大量挤出各种颜色的时候,我一冲动,决定在构图上添一只平底船,就在桥底下。我就把它插进去,于是它自动就下了水。

现在我知道画平底船的理由了。前几天看雷诺阿的画展,见到有一幅画的是威尼斯的景色,当然不可避免就有平底船。现在我的兴趣,尽管是微弱的兴趣,在于那个坐在平底船里的人,他明明白白是一个人,尽管他只是一个黑点儿,几乎同构成阳光、波浪滔滔的大海、正在倒塌的宫殿、帆船等所有其他黑点儿没有区别。他只是那种火一般色彩结合中的一个小点儿——然而他明明白白是个人。你甚至可以说他是一个法国人,他属于 19 世纪 70 年代左右……

这不是平底船的终结。在我回美国的前两天——1927 年或 1928 年——我们在家中举行了一次大聚会。这是我水彩画生涯的顶点。

这种水彩画狂是以一种独特的方式开始的。我可以说,是由于饥饿。饥饿和极度寒冷。好几个星期我都和朋友乔在台

---

① 即莫里斯·于特里约(1883—1955),法国画家。

球厅、公共厕所闲逛，只要是有人的体温而不用付钱的任何地方都去。一天晚上在回停尸房的路上，我们在一家百货公司的橱窗里注意到一幅透纳[1]作品的复制品。一切就是这样开始的。我无聊生活中最活跃、最有趣的时期之一。如果我说我们把画摊了一地，我一点儿也不是在夸张。画一干，我们就把它们挂起来——第二天我们把它们取下来，再挂上另一批。我们在旧画的背面画，我们把旧画洗掉，用刀子刮掉，在这些实验过程中，我们偶然发现了某些惊人的东西。我们发现如何用咖啡渣、面包屑，用煤和山金车花，来达到有趣的效果；我们把画放在浴缸里，让它们泡好几个小时，然后我们再拿着装满弹药的毛笔走向这些滴着水的煎蛋卷，向它们来一通万炮齐轰。透纳引起了这一切——这是 1927 年至 1928 年的寒冬。

在我出发的前两天，如我刚才所说，一些画家到家里来参观我们的工作。他们都是好人，没有不屑于显示对业余画家作品的兴趣。像往常一样，水彩画摊在地板上晾着。作为一个最后的实验，我们走过去，边走边倒一点儿葡萄酒在上面。大家很想知道，一只脏的鞋后跟或者满怀好意地从三英尺高度滴下的一滴酒会产生什么样的效果。热情高涨。我的两个朋友正用煤块在墙上画。另一位朋友在煮咖啡，为的是要弄一点儿新鲜可爱的咖啡渣。我们其余的人都在喝酒。

大家闹得正欢——大约凌晨三点钟——我老婆走进来。

① 即威廉·透纳（1775—1851），英国风景画家，擅长水彩画。

她似乎有点儿沮丧。她把我拉到一边,给我看一张轮船票。我看着票。“那是干什么?”我问。“你得走了。”她回答。“可我不想走,”我说,“我在这里很快活。”“我看也是。”她很有点儿挖苦地说。

不管怎么说,我还是走了。当我们停在泰晤士河上时,我的唯一想法就是去看一眼泰特美术馆中收藏的透纳作品。我终于到了那里,看到了著名的透纳作品。我有幸让那里的笨蛋之一喜欢上了我。我发现他自己就是一个很棒的水彩画家。完全靠灯光的作用。我真的讨厌离开伦敦,他使它变得同我如此融洽。总之,在我离开南安普敦的时候,我暗想——“圆现在完成了:从百货公司的橱窗到这里。”

但是,继续说……这平底船将成为代表作品!但是首先我得把墙清除干净。我拿起切面包的刀子,把它浸在胭脂红漆里,然后大量抹到房子的窗户上。天哪!房子马上就着起火来!如果我真的疯了,而不是冒充一个疯子的疯狂,我就会在画面上加上消防队员,我会把桥面上的粗斜纹板条变成梯子。可是我的疯狂采取了生起熊熊大火的形式。我让所有的房子都着火——先用胭脂红,然后用朱砂,最后用三原色的一种血污般的混合色。画的这一部分清晰而明确:这是一场大屠杀。

我纵火的结果是烧焦了马背。现在它既不是马,也不是斑马。它成了一条吞火的龙。原来要画尾巴而没有画的地方,现在是一捆鞭炮,而如果有一捆鞭炮在屁股上,就是一匹爱奥尼亚马也不会保持尊严的。我当然能接下去画一条真正的龙;但是这种改变和修补令我深感不安。如果你一开始画的是马，你就应该让它保持为一匹马——要不就完全将它消灭。一旦你开始篡改一种动物的骨骼，你就可以经历种类史的全过程。

用一种单一、不透明的绿色和靛青，我涂掉了马。在我心中，它无疑还在那里。人们看着这晦涩难解的东西，也许会想——多么古怪！多么荒谬！但是我知道，实际上这是一匹马。在一切事物的根底，都有某种动物：这是我们最深的困扰。当我看见人类像枯萎的葵花一样朝着光亮蠕动的时候，我就对自己说："蠕动吧，你们这些杂种，你们爱怎么装腔作势就怎么装腔作势，但是实际上你们是海龟或豚鼠。"希腊人对马发了疯，可如果他们明智地继续作为半人半马存在，而不是扮演提坦的话——嘿，我们也许就会省去许多神话的痛苦哩。

当你是一个天生的水彩画家时，一切都是按照上帝的意志发生的。于是，如果你被吩咐把公墓大门画成一种纯净的橙黄色，你就画成这种橙黄色，你毫无怨言。不去管它们是否太鲜艳，不适合这样一些本该黯淡的大门。也许有一种未知的理由。说真的，在我画这种清澈明亮的黄色，这种我觉得是所有黄色中最美的一种黄色（甚至比长江入海口还要黄）时，我在发光，发光。阴郁的、使人发腻的、令人有压迫感的一切都被永远冲洗掉了。如果这是我这么多年都在厌恶和窘迫感中经过的柏树山公墓，我也不会感到吃惊。我总是从高架铁路的拐弯处往下看，总是从车站的站台上朝那里吐唾沫。要不就是圣约翰公墓，有着那些古怪的铅制天使，我在那里当过掘墓人。要不就是蒙帕纳斯公墓，冬天里看上去就好像得了炮弹休克症。公墓，公墓……上帝作证，我拒绝被埋在公墓里！我不会让任何低能儿拿着一个洒水器，低头站在我身边，一副哀悼的样子。我不需要这个！

在我头脑里转着这些念头的时候，我一直在用一支干画笔漫不经心地涂抹树和台地。那些树现在微微发亮，像一件锁子铠甲，树枝上点缀着银色和青绿色的小环。如果我手头有一张耶稣受难图，我就会让那些殉道者浑身布满宝石般的麻点。在我对面的墙上，是埃塞俄比亚荒野的景象。受难耶稣的尸体躺在地上，浑身都是天花；那些残忍的犹太人——邪恶的埃塞俄比亚犹太人——正用铁环使劲砸他。他们有一种发狂的欢乐表情。我是因为那些麻点才买的那幅画，到底为什么，当时我也不知道。现在我才发现了理由。现在我才想起包厘街一个地窖上面的某一幅画，标题是《臭虫上的死神》。碰巧我刚从一个疯子那里出来，一次并非十分不愉快的专业访问。这是大白天的下午，包厘街肮脏的喉咙口被痰块卡住了。就在库柏广场下面，有三个叫花子躺在灯柱旁边，这是勃鲁盖尔[①]风格。一个投币机游乐场在热闹运转。从街上升起一支神秘的、非人间的歌，就像一个人在震颤性谵妄中挥舞砍刀，夺路而行。那里，在倾斜的地窖门上方，是这幅叫作《臭虫上的死神》的画。一个披着亚麻色长发的裸体女人躺在床上搔痒。床飘浮在空中，旁边

① 此处可能指小彼得·勃鲁盖尔（1564 或 1565—1636），画家彼得·勃鲁盖尔（约 1525—1569）的大儿子，喜画地狱幻象。

有一个拿着水枪的男人在跳舞。跟那些拿着铁环的犹太人一样,他身上有着同样的愚蠢样子。画上点画着许多麻点——代表广泛分布的、吸血的、没有翅膀的、扁平的、红褐色的、有恶臭味的、寄生于房子和床等地方的臭虫,它有个令人生畏的名字:温带臭虫。

现在我在这里拿着一支干画笔,把斑点弄到三棵树上。云彩上满是臭虫,火山正喷射出臭虫;臭虫正爬下陡峭的石灰岩悬崖,溺死在河里。有某个伊万诺维奇或别的什么人,在床垫弹簧上辗转反侧,被他饥饿的、一无成就的生活痛苦纠缠着,对所有他无法到手的美感到绝望,我就像他写的一首诗中二楼上的那个年轻移民。我的整个一生似乎都裹在那条肮脏的手绢里,那条包厘街,我一天又一天,一年又一年地从街上走过——一场天花,其疤痕永远不会消失。如果我有一个名字,那就是"温带臭虫"。如果我有一个家,那就是拉管长号。如果我有一种激情,那就是把我自己洗干净。

现在我在狂怒中拿起画笔,把它连续浸在各种颜色里,开始涂抹掉公墓大门。我抹啊抹,直至画的下半部像巧克力那样厚厚的一层,直至画真正散发着颜料的味道。当这幅画完全毁掉的时候,我坐在那里,带着一种木呆呆的欢乐,捻弄着大拇指。

然后,我突然有了真正的灵感。我把画拿到水池那里,在把它好好泡了之后,我就用指甲刷擦它。我擦啊擦,然后再把画倒过来拿,让颜色合成一体。然后我小心翼翼地,十分小心翼翼地，把画放平在我的书桌上。这是一件杰作，我告诉你吧！我刚才整整研究了三个小时……

你会说，这只是一种偶然，这件杰作，那么它就是一种偶然！不过，《圣经》中诗篇第二十三篇不也是这样吗？一切诞生都是奇迹式的——而且有灵感。现在出现在我眼前的是无数错误、退缩、涂删、犹豫的结果。这也是确信的结果。你愿意相信指甲刷，相信水，那就相信吧——尽一切办法，相信每一个人、每一件事吧！相信但丁，相信斯宾诺莎，相信希罗尼穆斯·博斯吧！贷方[①]现金，借方股份有限公司。请记入日记账：梅莉亚姨妈。就这样。结算一下。差一分钱，呃？如果你能从口袋里拿出一分钱，把账平了，那你会这样做的，但是你不再是同那实际上的一分钱打交道了。没有一部机器能聪明到足以发明、仿造那不存在的一分钱。真实和假冒的世界被我们甩到身后去了。从有形的东西中，我们发明了无形的东西。

在你能够结清账目的时候，你就不再拥有一幅图画。现在你有一个无形的东西，一个偶然，而你却整夜不睡，面对摊开的账本绞尽脑汁。你手头有一个负号。一切活生生的有趣资料都标明是负的。在你发现正的对应物时，你就——一无所有了。你有那种想象的、瞬间的东西，称之为“收支平衡”。平衡从来不存在。它是一种骗局，就像让钟停止，或者宣布休战。你结账，为的是要加上一个假设的重量，为的是要为你的存在

---

① 原文是 credit，它既有“相信”又有“贷方”的意思，作者先说的是前一种意思，从这儿开始指后一种意思。

制造一个理由。

我从来没有能够达到平衡。我总是负的东西，因此我有一个理由继续下去。我正在把我的整个一生都放到平衡中去，为的是可以达到一无所有。为了达到一无所有，你必须展示无限的数字。就是这样：在这个活的等式中，我的符号是无限。要达到“无”处，你必须横越一切已知的天地：你必须到每一处，才能到“无”处。为了拥有无序，你必须摧毁一切形式的秩序。为了要发疯，你必须极大地积累健全的神志。其作品给予我灵感的所有那些疯子都是被冷漠的清醒神志所触发。他们什么也没有教我——因为他们传给我们的决算表被证明是虚假的。他们的计算对我来说毫无意义——因为数字都被改过。他们传下来的奇异的金边账本有着夜间被催长的植物那种荒诞可笑的美。

我的杰作！它就像钉子底下的一块碎片。我问你，既然你在看它，那你在其中看到乌拉尔山脉那一边的湖泊了吗？你看到疯狂的卡茨①在用一把纸伞保持身体平衡吗？你看到图拉真②建筑的拱顶凸现在亚洲的烟雾中吗？你看到企鹅在喜马拉雅山融化吗？你看到克里克人③和塞米诺尔人④滑行通过公墓大门吗？你看到来自上尼罗省的壁画吗？上面有飞雁，有蝙蝠和大鸟笼。你看到十字军骑士剑柄上的奇异圆头以及吞下它

---

① 由斯特拉文斯基作曲的芭蕾舞剧《火鸟》中的一位魔王。
② 图拉真(53—117)：罗马帝国皇帝。
③ 北美印第安人的一支，属于操穆斯科格语的北美印第安部落。
④ 克里克人的旁支。

们的唾液吗？你看到喷火的印第安人棚屋吗？你看到碱水槽、骡骨头以及发亮的硼砂吗？你看到伯沙撒[①]的坟墓，或者正在盗墓的鬼魂吗？你看到科罗拉多将张开的新嘴吗？你看到仰面躺着的星鱼和支撑它们的分子吗？你看到亚历山大快要胀裂的眼睛，或者引起这种胀裂的悲伤吗？你看到乌贼所依赖的墨汁吗？

不，恐怕你看不到！你只看见被冰河冻住、脸色凄惨得发青的天使。你甚至没有看见伞骨，因为你不是训练有素而能寻找伞骨的人。但是你看见了一个天使，你看见了一只马屁股。你可以留着它们：它们归你！现在天使身上没有麻点——只是一种清冷的蓝色聚光灯浮雕般地突显了他凹陷的肚子和折断的足背。天使在那里领你上天堂，在那里全是正的，没有负的。天使在那里就像一个水印图案，你的无差错视觉的保证。天使没有甲状腺肿，是艺术家有甲状腺肿。天使在那里将欧芹的小枝掉进你的煎蛋卷，把一枝三叶草插入你的纽孔。我可以将神话从马鬃上擦去；我可以把黄色从长江上擦去；我可以把椰枣从平底船上的人身上擦去；我可以把云彩和包裹带叉状闪电的花束的薄纸擦去……但是天使我擦不掉。天使是我的水印图案。

① 新巴比伦王国的最后一位国王。

裁缝铺

我有一个座右铭：总是兴高采烈！

白天常常这样开始："去问某某人要账，但是不要侮辱他！"他们是难搞的杂种，所有那些我们尽量讨好的老家伙们。这足够逼得任何人去酗酒。我们在那里，就在奥尔科特对面，是第五大道的裁缝，尽管我们不在第五大道上。一家父子联合公司，由母亲掌钱。

早晨，八点左右，从德兰西街和包厘街生气勃勃、头脑清醒地走到华尔道夫下边。无论我走得多快，本迪克斯老头总是比我先到那里，和裁剪师大吵大闹，因为两个老板都没在做事。我们怎么老是不能比那可恶的本迪克斯老头先到呢？因为这个本迪克斯除了从裁缝铺跑到衬衣店，从衬衣店跑到珠宝店以外无事可做；他的戒指不是太松就是太紧，他的表不是慢二十五秒就是快三十三秒。他和每一个人大吵大闹，包括家庭医生,因为家庭医生不能保证他避免肾结石。如果我们在八月份给他做一件便装短上衣,到十月份他穿着就会太大或者太小。在找不出什么碴儿来抱怨时,他就会把裤子系得紧紧的,以便有借口痛骂做裤子的裁缝,说把他 H.W.本迪克斯的睾丸给勒着了。一个难缠的家伙。动不动发火,反复无常,卑鄙下流,想入非非,一毛不拔,任性多变,用心恶毒。我现在回顾所有这一切,看到老爷子坐到桌子旁,满嘴酒气地说妈拉巴子,为什么没有人笑,为什么你们看上去都这样闷闷不乐时,我为他,为所有不得不亲吻富人屁股的裁缝铺老板感到遗憾。要不是有马路对面那家奥尔科特酒吧,以及他在那里结识的酒鬼,天知道他会成什么样子。他在家里肯定得不到同情。我母亲一点儿也想不到亲吻富人的屁股意味着什么。她不知道该如何做,只知道整天哼哼,整天伤心,随着她的哼哼和伤心,她带进来了那股酒气和放凉了的土豆丸子,她的忧虑搞得我们都他妈的神经过敏,以致咽口唾沫都会把我们——我弟弟和我——噎住。我弟弟是弱智,他甚至比 H.W.本迪克斯更令老爷子心烦。他老说“某某牧师要去欧洲……某某牧师要开一个保龄球道”等等。“某某牧师个屁,”老爷子会说,“为什么丸子不是热的?”

有三个本迪克斯——H.W.,脾气暴躁的那一个;A.F.,老爷子在账本里写成艾伯特的那一个;还有一个 R.N.,他从未来过店里,因为他的腿被锯掉了,然而这种状况也没有阻止他到一定时候磨破裤子。我从来没有见过 R.N.本人。他是账本里的一笔账,裁剪师本切克说起他来总是容光焕发,因为一到试穿新裤子的时候总可以有几口烧酒喝一喝。三兄弟是永久性的仇敌；他们从来不在我们面前互相提起。艾伯特有点儿疯疯癫癫，十分爱好带点儿的背心，如果他碰巧看到架子上挂着一件礼服，试穿标签上用绿墨水写着“H.W.本迪克斯”的字样，他就会发出一声微弱的哼哼，说：“今天像是春天了，呃？”就好像不存在一个叫作 H.W.本迪克斯的人，尽管大家都很清楚，我们不是在为鬼魂做衣服。

三兄弟中，我最喜欢艾伯特。他已经到了骨头像玻璃一样脆的年龄。他的脊柱有老年人的那种自然弯曲；好像他正准备折叠起来，回到子宫去。艾伯特来的时候，你总能分辨出来，因为电梯里会有骚动——一阵骂骂咧咧之后是一笔可观的小费，它伴随着使电梯的地面和我们裁缝铺的地面绝对平齐的过程。如果精确性不能在四分之一英寸的范围内，就没有小费。骨头发脆、脊柱弯曲的艾伯特在选择合适的扣子配他的带点儿背心，他最新的带点儿背心时会很有麻烦。(艾伯特死后，我继承了他所有的背心——它们一直陪伴我度过了战争。)有时候会有这样的情况，碰巧艾伯特到的时候，老爷子正在马路对面喝一小口。这时候，不知怎么的，整天都会变得混乱不堪。我记得有时候艾伯特同老爷子吵得不可开交，我们往往会三天见不到他；同时，小纸牌上的背心纽扣撒得到处都是，除了背心纽扣，背心纽扣，再没有别的话好说，就好像背心本身无关紧要，紧要的只有纽扣。后来，在艾伯特习惯了老爷子漫不经心的方式之后——在二十七年的时间里他们一直在互相习惯——他会给我们先来一个电话,告诉我们他要来了。就在挂电话之前他会加上一句:“我想,我十一点钟来没问题吧? ……这不会使你不方便吧?”这一询问的意思有两层。它意味着:“我想,我到你那儿时,你应该体体面面地在场,不要让我浪费掉半个小时,而你却在马路对面和你那些酒肉朋友开怀畅饮。”另外,它也意味着:“十一点钟的时候,我想不会再有危险,撞上某个名字以H.W.打头的人了吧?”在我们为本迪克斯三兄弟做了大约一千五百七十八套服装的二十七年里,他们从来没有碰上过,至少在我们面前。艾伯特死的时候,R.N.和H.W.都在袖子上,在他们的便装短上衣和大衣——那些不是黑颜色的上衣和大衣——的所有左袖上别了黑纱,但是关于死者,什么话也没说,甚至他是谁都没有说。当然,R.N.不去葬礼有一个很好的借口——他没有腿。H.W.则太无耻,太傲慢,竟连个借口都不屑于给。

十点钟左右通常是老爷子下楼去喝第一茬酒的时候。我常站在面对旅馆的窗户跟前,注视乔治·桑杜斯基把大箱子放到出租车上。在没有箱子可放的时候,乔治常背插着手站在那儿,朝转门里转出转进的客人们边鞠躬,边后退。自打我最初来到裁缝铺,在前窗那边就职以来,乔治·桑杜斯基一直在后退、鞠躬、放箱子、开门,大约十二年了。他是一个迷人的、声音柔和的人,有一头漂亮的白发,像牛一样壮。他把这种拍马屁的工作发展成为一种艺术。有一天他乘电梯上来,向我们定做一套西服,我很吃惊。在他的空闲时间,他是一位绅士,乔治·

桑杜斯基。他情趣素雅——总是蓝哔叽或一种深灰色。一个懂得如何在葬礼或婚礼上表现得体的人。

我们互相认识以后,他让我明白,他找到了耶稣。以他那种圆滑讨好的腔调和臂力,以及所谓的耶稣的积极帮助,他已经积蓄了一笔储备金,一点儿预防老年忧患的东西。他是我那一时期所遇到的唯一一个不交人寿保险的人。他坚持说,上帝会照顾那些留在世上的人,就像上帝照顾他乔治·桑杜斯基一样。他不怕世界在他死后崩溃。上帝已经照顾每个人、每件事到今天——没有理由猜想上帝在乔治·桑杜斯基死后就会在自己的工作中出差错。到有一天乔治退休的时候,就很难找到一个人来替代他。没有人足够圆滑,有很多的甜言蜜语来把事情办好,没有人能像乔治那样边鞠躬边后退。老爷子总是很喜欢乔治。他常常试图说服他不时喝上一口,而乔治则总是以他那种习惯性的,然而十分固执的彬彬有礼加以拒绝。他的彬彬有礼使奥尔科特的客人们很喜爱他。

老爷子经常喜怒无常,这时候他就会请任何人,甚至乔治·桑杜斯基那样的人,同他一块儿喝酒。通常是在下午的晚些时候,这一天事情进行得很糟糕,来的只有账单。有时候一个星期过去了,都没有一个顾客在店里露面,或者即使有露面的,也只是来抱怨,来要求修改,来把做大衣的师傅骂得屁滚尿流,或者来要求降价。这样的事情会把老爷子气得脸色铁青,他所能做的一切,就是戴上帽子,出去喝上一杯。不是像往常那样走到街对面,他会走远一点儿,闪入布莱斯林或布劳太尔,有时候甚至到了安索尼亚，他的偶像朱利安·莱格利在那里有一套房子。

朱利安当时是一个午后场明星，他只穿灰色套装，每一种可以想象到的明暗不同的灰色，但只有灰色。他有长着结实脸庞的英国演员那种兴高采烈得令人沮丧的举止，他总是到处闲逛，同毛织品推销员，同酒商，同不管什么人交流故事。但是他的腔调就足以使人们云集在他周围；这是传统舞台意义上的英语，热烈、油滑、黏质的英语，它甚至能使最无意义的思想具有重要的外表。朱利安从来不说任何值得记录的东西，但是他那种声音在他的崇拜者身上有一种魔力。他和老爷子喝酒的时候，时常叫上一个考斯·佩顿那样的流浪者，考斯·佩顿在上演老套剧目的剧场中属于河的那一边。考斯·佩顿是布鲁克林的偶像！考斯·佩顿同艺术的关系就相当于帕特·麦凯伦同政治的关系。

老爷子在同这些人的谈话中说的话，始终令我十分难以理解。老爷子一生从未读过一本书，自从包厘街让位给百老汇大街以来，他也从未去看过一次戏。我可以看到他站在免费午餐柜台那里——朱利安非常喜欢奥尔科特提供的鱼子酱和鲟鱼——像一只干渴的狗一样拼命喝酒。两个午后场明星在讨论莎士比亚——《哈姆莱特》和《李尔王》，到底哪个才是写得最好的剧本，要不然就争论鲍勃·英格索尔的功绩。

那时候在柜台后面有三个凶猛的爱尔兰人，三个卑贱的爱尔兰佬，把那一天的酒吧变成了他们那类人的巢穴。他们三个人被认为很了不起,以至于让例如帕特西·奥多德之流骂你是该死的无知的连裤子纽扣也不系的下流无耻的婊子养的,竟也被看作是你的一种特权。如果作为对这种恭维的回报,你问他是否自己也来上一点儿什么,帕特西·奥多德就会冷嘲热讽地回答,只有像你那样的人才会将劣等酒灌下喉咙,说着他会轻蔑地抓起你的酒杯脚,擦底下的红木柜台,因为这是他的部分工作,他拿了钱就是干这个的,不过如果你认为你可以诱惑他这样的人用这样的破玩意儿毒害他的肠子,那你见鬼去吧。他的侮辱越恶毒,他就越受到尊敬;习惯于让人用丝手绢擦他们屁股的金融家会在股票行情记录器关闭之后,一路驱车驶到住宅区,为的是让这他妈的爱尔兰臭嘴杂种骂他们是该死的下流无耻的婊子养的。对他们来说,这就是完美一天的结束。

这个活跃的娱乐场老板是一个肥胖的小个子,有贵族式的小腿和狮子般的脑袋。他总是挺着大肚子走路,背心底下藏个小酒桶。他常常朝柜台边的那些酒鬼生硬、傲慢地点点头,除非他们碰巧是旅馆的客人,在这种情况下,他会停下片刻,伸出三根胖乎乎的小手指头,上面露出青筋,然后,小胡子一捻,小心翼翼地、跳芭蕾舞式地吱嘎一转身,就飞快地走掉了。他是老爷子的唯一敌人。老爷子干脆受不了他。他有一种感觉,认为汤姆·莫发特看不起他。于是,汤姆·莫发特到店里来定做衣服时,老爷子就会附加百分之十或百分之十五来抵销他的傲慢账。但是,汤姆·莫发特是一个真正的贵族:他从来不问价,从来不付账。如果我们催他付账,他会让他的会计来,在我们的账单里挑毛病。在又需要定做一条法兰绒裤子、一件礼服或一件无尾礼服时，他会带着他通常那种肥胖的尊贵模样，挺着大肚子，胡子上抹了蜡，皮鞋擦得锃亮，并一如既往地发出叽叽嘎嘎的声音，一副厌倦、冷淡、漠然、看不起人的样子，飘飘然走进来，他会用下面的话问候老爷子："嘿，你们把账上的错误搞清楚了没有？"听到这话，老爷子会勃然大怒，用欺骗手段把一小截或一小块美国货硬卖给他的敌人汤姆·莫发特。然后就是关于我们账上的"小错误"进行长期的书信往来。老爷子气疯了。他雇了一个会计专家，写出三英尺长的财务报告书——但是完全无用。最后老爷子想出一个主意。

有一天快到中午的时候，在他像往常一样喝了一点儿酒之后，在他做东请了所有那些召集到酒吧来的毛织品推销员和装饰品推销员之后，他从容地拿起酒吧的账单存根，掏出一支连在他表链上的小银笔，在存根上签上他的名字，把它滑到帕特西·奥多德那边，说："告诉莫发特，把这些记在我的账上。"然后他从容地走开，邀请了一些他最好的朋友，在餐厅的一张桌子上坐下，吃起了丰盛的酒席。当那个法国佬阿德里安把账单拿来时，他平静地说："给我一支笔。那……那只有我的一半多。记在我的账上。"由于和其他人做伴一块儿吃饭更快活，所以他总是请他的好朋友们一起用午餐，他对大家说："如果莫发特那个杂种不付衣服钱，那么我们就吃掉它。"说着，他就会要一只美味的雏鸟，或一份纽堡风味大龙虾，用一口美味的摩泽尔白葡萄酒或法国佬阿德里安碰巧推荐的任何其他佳酿把它冲下去。

很令人惊奇的是，莫发特对所有这一切假装不当回事。他继续定做他通常需要的春、夏、秋、冬服装，他还继续关于账单的争吵，现在已变得更容易争吵不休了，因为有了酒吧账单、电话费、雏鸟、龙虾、香槟酒、新鲜草莓、本尼狄克丁甜酒等等，情况就复杂了。事实上，老爷子如此迅速地吃掉了账单上的账，细长腿的莫发特再拼命穿也不可能同样快地穿破他的衣服。如果他来定做一条法兰绒裤子，那么老爷子第二天就已经把它吃掉了。

最后，莫发特表明了认真的愿望，想要把账结清。通信停止了。有一天我碰巧站在大厅里，他摆出一副最亲切的样子，拍拍我的背，请我上楼到他的私人办公室去。他说他总是把我看作一个非常通情达理的年轻人，我们也许可以在我们之间把问题解决掉，不必去麻烦老人家。我查看账单，发现老爷子已经吃到了负数这一边。我自己也许也吃掉了几件套袖大衣，几件猎装。如果我们还想继续让汤姆·莫发特光顾我们的生意，尽管这种光顾遭到我们鄙视，那么，只有一件事情好做，就是在账上找出一个毛病来。我胳膊底下夹了一捆账单，向那老家伙保证说，我会把问题彻底调查清楚的。

老爷子看到事情是这个样子的时候，心里很高兴。我们不断调查了好几年。无论什么时候汤姆·莫发特来定做衣服，老爷子都会快活地同他打招呼，说："你把账上那小问题搞清楚了没有？这里有一块极棒的巴拉瑟亚料子，我专门为你留着呢……”莫发特会皱起眉头，扭歪了脸，像一只雄火鸡一般架子十足地来回走，他的鸡冠直立，小细腿恶狠狠地到了发青的地步。半小时以后，老爷子会站在酒吧里痛饮。“刚才又卖给莫发特一件无尾礼服，”他会说，“顺便说一下，朱利安，你今天午饭想吃什么？”

我说过，快到中午的时候，老爷子通常下楼去喝开胃酒；在任何地方的午餐都是从中午一直延续到下午四五点钟。老爷子在那些日子里享有的友谊是很奇妙的。午饭后，这一伙人会摇摇晃晃从电梯里出来，吐着唾沫狂笑，脸颊火一样红，一下子倒在痰盂旁边的大皮椅里面。有一个卖丝绸衬里和配料如线、纽扣、胸部衬料、网形粗布等的菲尔德·帕提，一个大家伙，像是一艘遭台风袭击的班轮。他总是在梦游状态中走来走去，疲乏得几乎连嘴唇都动不了。然而，那种轻微的嘴唇动作却使周围的每一个人忍不住大笑。他总是喃喃自语——尤其是关于奶酪。他十分喜欢奶酪，尤其喜欢抹面包的软奶酪和林堡奶酪——放得越陈越好。在不吃奶酪的时候，他就讲关于海涅和舒伯特的故事，或者在他正要放屁的时候，他会要一根火柴，拿着放在他座位底下，以便我们能告诉他火焰的颜色。他从来不说再见或明天见；他总是从前一天中断的谈话那儿开始讲起，好像并没有时间上的中断。无论是早晨九点钟还是晚上六点钟，他都迈着同样令人恼怒的、慢悠悠的四方步，鞋子发出沙沙的声音，他低垂着脑袋，胳膊底下夹着衬里和配料，嘴里散发着臭气，鼻子发紫，有点儿半透明的样子。他会低着脑袋走进最

一旦他弄到工作，那么一切就会得到充分解决。保罗心目中从来没有怀疑过这一点。他十分诚实，但他是一个梦想家。他来自印第安纳。像来自印第安纳的所有梦想家一样，他有这样一种可爱的性情，这样一种圆滑、老成、甜言蜜语的方式，以至于如果他乱伦，人们也会原谅他的。当他系好领带，当他选择了适当的手杖和手套，当翻领熨得很柔滑，皮鞋也不叽叽乱响，当他肚子里装了一夸特黑麦威士忌酒，天气又不太潮湿或不太阴沉，这时候，从他的个性中就流露出这样一股爱与理解的暖流，以至于连那些装饰品推销员，尽管他们对甜言蜜语无动于衷，也会彻底融化。当所有情况都有利地结合在一起时，保罗就会走到一个人跟前，上帝的绿色大地上的任何人，然后抓住他的衣服领子，把他淹没在爱的海洋中。我从未看见过一个人有如此的说服力，如此的吸引力。当他内心汹涌澎湃的时候，他是不可战胜的。

保罗常常说："从马可·奥勒利乌斯①或爱比克泰德②开始，其余的会随之而来。"他没有推荐研究汉语或学习普罗旺斯语：他从罗马帝国的灭亡开始。我在那些日子里的远大抱负是博得保罗的好评，但保罗是很难取悦的。当我给他看《查拉图斯特拉如是说》的时候，他皱起了眉头。当他看到我同侏儒们一起坐在长凳上试图解释《创造进化论》的意义时，他皱起了眉

① 马可·奥勒利乌斯（121—180）：古罗马皇帝，161 年至 180 年在位，著有《沉思录》。

② 爱比克泰德（55?—135?）：古罗马斯多葛派哲学家。

头。他尤其不喜欢犹太人。当裁剪师本切克拿着粉笔，脖子上挂着一根皮尺出现的时候，保罗就变得格外有礼貌，格外带有一种恩赐式的态度。他知道，本切克看不起他，因为本切克是老爷子的左膀右臂，于是他就用油把他擦得亮光光的，一味恭维他。最终甚至本切克都不得不承认，保罗有点儿本事，有某种不可思议的个性特征，尽管他有种种缺点，却得到每一个人的喜爱。

保罗表面上快快活活，但实际上闷闷不乐。他的妻子柯拉时常仪态万方地走进来，眼中饱含泪水，恳求老爷子好好照管保罗。他们常站在靠近窗户的圆桌边小声谈话。她是一个漂亮女子，他的妻子，高个儿，轮廓清晰，说话时使用一种深沉的女低音，无论什么时候她一提到保罗的名字，这低音似乎就会痛苦得颤抖起来。我会看见老爷子把手放在她肩膀上，安慰她，向她保证各种事情都没有问题。她喜欢老爷子，我看得出来。她常常站得离他很近，用一种不可抗拒的方式直视他的眼睛。有时候老爷子会戴上帽子，他们俩会挽着胳膊乘电梯下楼，好像要去参加葬礼似的。他们又去找保罗了。当保罗的饮酒狂热上来时，没人知道上哪儿找他。连着好几天，他会影踪全无。然后有一天，他会垂头丧气、悔恨莫及、低三下四地出现，求每一个人原谅。同时，他会把套服拿去干洗，让人把他呕吐的污渍除去，并在膝盖处做一点儿行家的修补。

一阵闹饮之后，保罗谈起话来总是滔滔不绝。他常瘫坐在一把深深的皮椅里，一只手拿着手套，两腿夹着手杖，谈论起马可·奥勒利乌斯。当他在医院治疗瘘管回来时,甚至谈得更加出色。他欠身坐到大皮椅子里去的样子使我当时想到,他特地到裁缝铺来是因为在别处找不到这样一个舒适的位子。坐下或站起来似乎都是一次痛苦的手术,但是一旦完成手术,保罗似乎就处于极乐之中,话就像液体的天鹅绒一般,从他的舌尖滚滚而出。老爷子会听保罗说一整天。他常说,保罗有闲聊的天分,但那只是他没把话说清楚,他是要说,保罗是上帝的大地上最可爱的人,他肚子里有一团火。当保罗太于心不安,不再定做另一套西服时,老爷子会哄他定做,一直对他说:“没有什么不合适的,保罗……没有什么!”

保罗一定也在老爷子身上发现了某种程度的相同本性。我从未看见两个人脸上带着这样热情赞美的光彩互相对望。有时候他们会站在那里,互相赞美地直视对方的眼睛,直至流下眼泪。事实上,他们俩谁也不羞于让人看到自己流泪,这种事现在在世上似乎已不复存在。我现在能看到保罗那张不怎么好看的雀斑脸,以及那两片油腻的厚嘴唇,当老爷子第一千次告诉他,他是怎样一个了不起的家伙时,这嘴唇就抽搐起来。保罗从来不对老爷子谈论他不理解的事情,但在他如此认真谈论的简单日常琐事中,他加入了如此大量的柔情,以致老爷子似乎都灵魂出了窍。保罗不在了之后,他就像一个失去了亲人的人一样。这时候,他会走进一间办公室的小隔间里,独自一人默默坐在那儿,出神地凝视着那一排放满了未回复信件、未付账单的鸽笼式格架。看到他在这样的情绪中,我往往大受感动。我就悄悄溜下楼梯，开始往家走，从大道走到包厘街，沿包厘街走到布鲁克林大桥，然后在桥上经过一长串从市政厅延伸到富尔顿渡口的廉价旅馆。如果是在夏天的傍晚，引桥入口处挤满了闲逛的人，我就会搜寻着朝这些醉醺醺的人影中望去，很想知道他们当中有多少个保罗，想知道生活中是什么东西使这些明显的失败者如此受到人们的喜爱。其他人，那些成功者，我看见他们处于尴尬境地；我看见他们弯曲的脊柱，他们脆弱的骨骼，他们曲张的静脉，他们的肿瘤，他们凹陷的胸脯，他们那些由于多年涮洗而变了形的大面包篮子。是的，所有那些穿丝绸里子衣服的笨蛋我都十分了解——我们的名册上有美国最富的家庭。他们张开他们的脏嘴时，不知里面有多少脓和脏东西哩！就好像他们在裁缝面前脱衣服时，感到不得不摆脱他们用精神构成的堵塞的污水池中积累起来的垃圾。全是一些无聊病和富贵病。令人作呕地谈论他们自己。总是"我"，"我"。我和我的肾。我和我的痛风。我和我的叶苔。当我想到保罗的可怕痔疮，想到他们治疗的奇异瘘管，想到他剧烈疼痛的伤口里流出的所有爱和学问时，我认为保罗完全不属于他的时代，而是摩西·迈蒙尼德[①]的嫡亲兄弟，他在摩尔人手下写出了有惊人学问的论文，论及"痔、疣、痈"，等等。

在老爷子如此爱护的所有这些人中，死亡都迅速而意外地到来。保罗的情况是这样的：他在海滨时，死亡降临了。他淹

---

① 摩西·迈蒙尼德(1135—1204)：犹太哲学家、法学家、医生。

死在一英尺深的水中。他们说是心脏衰竭。于是,在一个晴朗的白天,柯拉穿着漂亮的孝服,乘电梯上楼,一路哭过来。我觉得她从来没有这样漂亮,这样甜美,这样线条清晰过。尤其是她的屁股——我记得天鹅绒如何爱抚地紧裹着她的身体。他们又站在前窗户边的那张圆桌附近,这一次她哭得很厉害。老爷子又戴上帽子,他们俩挽着胳膊乘电梯下楼。

不久以后,老爷子动了某种古怪的奇想,催促我去看保罗的妻子,表示我的悼念。当我按响她公寓的门铃时,我在发抖。我几乎料想她赤身裸体地出来,也许只是在胸部围了一道黑纱。我因为她的美而搞得昏头昏脑,还有她的年龄,还有她从印第安纳带来的那种困倦的植物般的特性,以及她浑身的香水味。她穿着一件领口很低的孝袍,一件漂亮的紧身黑天鹅绒袍子。这是我第一次同一个丧偶的女人,一个乳房似乎都要大声抽噎出来的女人面对面在一起。我不知道对她说什么好,尤其是关于保罗。我结结巴巴,脸也红了,在她请我坐到她旁边的睡榻上时,我在窘迫中几乎跌倒在她身上。

我们坐在那张低矮的沙发上,那里满是柔和的光线,她起伏的腰部摩擦着我的身子,马拉加葡萄酒捶打着我的太阳穴。她疯狂地谈论着保罗,谈论他有多好。我最后弯下腰,一句话没说,撩起她的裙子,就让那玩意儿溜进她的身子里。当我把那玩意儿放进她里面,拼命干将起来的时候,她开始呻吟,一种神志不清的痛苦与内疚,不时被喘息以及由欢乐与痛苦引起的小声尖叫所打断,她反反复复地说:“我绝没有想到你会干这个……我绝没有想到你会干这个!”完事之后,她扯下天鹅绒长裙,那件领口很低的漂亮孝袍,把我脑袋放在她身上,让我亲吻她,并用她那两条强壮的胳膊几乎把我挤成了两半,她呻吟着,抽泣着。然后她爬起来,光着身子在房间里走了一会儿。最后她跪在我直挺挺地躺在上面的沙发旁边,含着泪低声说:“你答应我,你将永远爱我,好吗?你答应我吗?”我说答应,一边用一只手在她下身忙活。我嘴上是说答应,心里却暗自想,你多么傻啊,竟等这么长久。她的下身多么潮湿,她多么孩子气,多么深信不疑,嘿,任何人来都可以得到真情。她是一个易受欺骗的人。

总是兴高采烈! 时不时地,每过一个季节,就有一些人死去。有时候是保罗、朱利安·莱格利那样的好人,有时候是一个用锈钉子掏鼻子的酒吧招待——前一天还活蹦乱跳的,第二天就死了——但总是时不时地,像季节本身的更替,老家伙们都一个个死去。那么,除了画一条红色的斜线,一直画到账本的右下角,标明“死亡”以外,就没有什么事情好做了。每一次死亡都带来一点点业务——一身新的黑套装,要不然就是每件衣服左边衣袖上的黑纱。那些定做黑纱的人是些吝啬鬼,这是根据老爷子的说法,但他们也确实是吝啬鬼。

随着老家伙们的去世,他们为年轻人所代替。*年轻人!* 这就是整条大道的战斗口号,只要是有卖丝绸衬里套装的地方就有这口号。他们是很有血腥味的一伙,这些年轻人。赌徒、赛马场上出卖内部情报的人、证券经纪人、蹩脚演员、职业拳击手等等。前一天富，第二天就穷。没有廉耻，没有忠诚，没有责任感。他们大多数是一帮生了坏疽的梅毒患者。从巴黎或蒙特卡洛带着肮脏的明信片和腹股沟里的大蓝宝石回来。他们当中有些人的睾丸像炒羊羔内脏一样大。

卡罗拉·冯·埃申巴赫男爵就是其中之一。他在好莱坞假扮王储，挣了一些钱。这是这样一个时期：看到王储满身臭鸡蛋，这被认为是狂喜的事情。必须为男爵说一句，他是王储的好替身。一个骷髅头上长着傲慢的鼻子，迈着暴躁的大步，穿着紧身胸衣的腰，像马丁·路德一样瘦，一样陶醉。郁郁寡欢，闷闷不乐，盲目狂热，带着容克地主阶级那种花哨、愚昧的光华。在去好莱坞以前，他只是一个无足轻重的小人物，法兰克福一个酿酒商的儿子。他甚至不是一个男爵。但是，在他像药丸子一样被人揍来揍去，门牙也被打得咽下了肚，一只破瓶子的瓶颈在他左脸颊上留下一道深深的疤痕之后，在他被人教会如何炫耀红领带，并像卓别林一样，快速转动手杖，把唇须剪断之后，他成了个人物。然后他在眼睛上夹一片单片眼镜，称自己为卡罗拉·冯·埃申巴赫男爵。要不是他迷恋上一个红头发的跑龙套演员，他的一切也许都还进行得很美好。这个跑龙套演员已经被梅毒烂得一塌糊涂。这断送了他。

有一天，他穿着礼服和鞋罩，乘电梯上楼来。一朵鲜红的玫瑰插在他的纽扣洞里，眼睛上夹着单片镜。他看上去轻松愉快、衣冠楚楚。他从皮夹里拿出来的卡片印制得很漂亮。卡片上印有一枚盾形纹章，他说，它作为家族的纹章已经有九百年的历史了。他称之为“家族骷髅”。老爷子因为顾客中间有一位男爵，非常高兴，尤其是如果他能付现金的话，因为这人答应付现金的。另外，看到男爵风度翩翩地走进来，胳膊上挎着两个风流少妇——每次换一双——这也是令人振奋的。更令人振奋的是，他请她们到更衣室里面，让她们帮他脱裤子。这是欧洲的风俗，他解释说。

他渐渐和所有在铺子前面闲逛的老朋友们混熟了。他表演给他们看王储是如何走路，如何坐下，如何微笑的。有一天，他带来一支长笛，演奏了罗累莱之歌。还有一天，他进来的时候，他的猪皮手套的一只手指戳在裤裆外面。每一天他都暗中准备了一个新把戏来露一手。他快活，机智，有趣。他知道上千个笑话，有些是以前从来没有人讲过的。他是一个极其有趣的人。

然后有一天，他把我拽到一边，问我能否借给他一角钱——作车费。他说他支付不起他订的服装，但是他指望不久在第九大道的一家小电影院里会有一份弹钢琴的工作。然后，他在我不知不觉中哭了起来。我们正站在更衣室里，幸好帘子都是拉上的。我不得不给他一块手绢来擦眼泪。他说他已经厌倦了扮演小丑，他每天到我们家来，因为这里很暖和，因为我们有舒适的座位。他问我能否带他去吃午饭——最近三天他几乎没有进食，只吃了点儿咖啡和几个小面包。

我带他到了第三大道的一家德国小餐馆，一个面包房和餐馆的混合体。这地方的环境使他伤心到了极点。他只会说过去的日子,过去的日子,战前的那些日子。他本打算成为一个画家的,然后爆发了战争。我仔细听着,他讲完时,我建议他那天晚上到我家吃饭——也许我可以让他和我们吃住在一起。他感激得不得了。一定,他要来的——七点整。好极了!

在饭桌上,我老婆对他的故事津津有味。关于他一分钱也没有的事,我没有说起,只说他是一个男爵——冯·埃申巴赫男爵,是查理·卓别林的一个朋友。我老婆——我最初几个老婆中的一个——很得意能同一位男爵坐在同一张桌子旁。尽管她是一个清教主义的杂种,可是在他讲自己那些有伤风化的故事时,她竟然一点儿也不脸红。她认为这些故事很讨人喜欢——如此欧洲化。但是,最终到了摊牌的时候。我试图委婉地把情况说出来,可是关于梅毒那样的问题你如何能说得委婉呢？开始我没有称之为梅毒——我说"性病"。性方面的疾病,就是说！但是就那个"性"字,已经让我老婆全身一阵哆嗦。她看着他正举到嘴边的杯子,然后又以恳求的目光望着我,好像要说:"你怎么能请那样一个人同我们坐在一张桌子旁呢?"我明白必须立即单刀直入。"这位男爵将和我们一起待一段时间,"我平静地说,"他一分钱也没有,他需要一个睡觉的地方。"我保证,我从来没有见过一个女人的表情变化得如此之快。"你!"她说,"你让我那样做？那么小孩呢？你要我们都得梅毒,是吧？他得了这病还不够——你要孩子也得这病呀!"

男爵当然被这一通发作弄得十分下不了台。他要马上走,但是我让他耐心等着,我已经习惯了这种大吵大闹。然而,他变得十分激动,喝咖啡喝得呛了起来。我捶他的背,直到他脸色发青。他纽扣洞里的玫瑰掉出来,掉进了盘子里。它在那里的样子很古怪,就好像他从自己的血里把它咳了出来。这使我为我老婆感到他妈的十分羞愧,我恨不得当场把她掐死。在我领他去浴室的时候,他仍然呛着,说话气急败坏。我让他用凉水洗脸。我老婆跟着我们进了浴室,在杀气腾腾的沉默中盯着他冲洗自己。在他洗完脸以后,我老婆一把从他手中夺过毛巾,猛地推开浴室窗户,把毛巾扔了出去。这使我火不打一处来。我让她他妈的从浴室滚出去,管好她自己的事情,但是男爵一步跨到我们中间,哀求着讨好我老婆。"你明白,我的好太太,还有你,亨利,你们什么也不必担心。我把我所有的注射器和药膏都带来了,我将它们放在一只小箱子里——那里,就放在水池底下。你们千万不要把我赶走,我没有地方可去。我是一个绝望的人。我在世界上孤身一人。你们以前对我那么好——为什么你们现在就一定要这么残酷呢?我有梅毒是我的错吗?任何人都可能得这病。大家都是人嘛。你们瞧着吧,我会一千倍地报答你们的。我会为你们做任何事情。我会铺床,我会洗盘子……我还会为你们做饭……"他就像那样不停地说啊说,因为怕她说"不",他连喘口气都不敢。在他说完了所有的诺言,在他上百次地求她宽恕,在他跪下来试图在她猛地抽走的手上亲吻之后,他坐在马桶上,穿着他的礼服和鞋罩,抽泣起来,抽泣得像一个小孩子。这是一个可怕的、消过毒的、铺着白色瓷砖的浴室，里面星星点点的光亮就好像上千面镜子打碎在放大镜底下，然后还有这个不成样子的男爵，穿着他的礼服和鞋罩，他的脊柱里注满了汞消毒溶液，他的抽泣就像刚开动的火车头短短地喷出一阵阵蒸汽。我不知道究竟干什么好。像那样坐在马桶上抽泣的一个男人——这给我留下了深刻印象。后来我对此变得习惯了。我变得无动于衷。我现在确信，要不是因为不得不在里昂的那家医院一天两次访问那两百五十名卧床病人，拉伯雷才不会那样兴高采烈呢。我确信这一点。

总之，关于抽泣……不久以后，另一个孩子快要出生了，没有办法把孩子打掉，尽管仍然希望，仍然希望有什么事会发生，也许是一个奇迹。她的肚子大得像一只熟了的西瓜，六七个月了，嗨，她常常犯忧郁症，躺在床上，和那只西瓜面面相觑，她会开始抽泣，足以使你心碎。也许我会在另一个房间，伸展在睡榻上，手里捧一本大厚书。她那些抽泣会让我想起卡罗拉·冯·埃申巴赫男爵，想起他那灰色的鞋罩和带镶边翻领的礼服，以及纽扣洞里深红色的玫瑰。她的抽泣在我听来就像音乐。她不断抽泣是想得到同情，而家里却没有一点儿同情。这是很可怜的。她越歇斯底里，我就越置若罔闻。这就像在一个夏夜的海滩上听拍岸浪花的隆隆声和嗞嗞声：一只蚊子的嗡嗡声足以淹没大海的咆哮。总之，在她情绪激动到了一种崩溃状态之后，邻居们再也受不了了，前来敲门。然后她的老母亲就会从卧室里爬出来，眼睛里含着泪水求我到她那儿去，让她安静一点儿。“哦，随她去，”我会说，“她会熬过去的。”这时候，我老婆的抽泣会停住一会儿，她会疯了一般从床上跳下来，气得晕头转向，披头散发。她眼睛红肿，眼前一片模糊。这时她一边继续打嗝、抽泣，一边开始用拳头狠狠砸我，直砸得我歇斯底里地大笑。她看见我像一个疯子一样前仰后合，她的胳膊也累了，手也疼了，这时她就会像一个喝醉的婊子般喊叫——“魔鬼！恶魔！”——然后像一只疲惫不堪的狗一样灰溜溜地走开了。后来，我让她平静了一点儿，我明白她真的需要一两句好听的话，这时我就会把她摔倒在床上，美美地干起她来。在伤心痛苦地大闹一场之后，她要不是干起来最美的女人，我就死去！我从来没有听到一个女人像她那样哎哟哎哟地呻吟叫唤。“怎么干我都行！”她常常说。“随你怎么干！”我会让她倒立着干她，我会从背后干她，我会拽着她经过教区牧师的家，如他们所说，任何该死的事情——她干脆就乐得发狂。子宫歇斯底里，就是这么回事！如果我说的有一句是假话，正如那位诚实的大师所说，我希望上帝惩罚我。

（上面提到的上帝，由圣奥古斯丁定义如下：“一个无限的球体，其中心在一切地方，哪儿都没有边际。”）

然而，总是兴高采烈！如果这是在战前，温度表降到零度或零度以下，如果碰巧是感恩节、新年、生日，或任何聚一聚的古老借口，那么，我们全家就会去加入那些构成活家谱的其他怪物当中。我总是感到很惊奇，尽管总是受到各种祸患的威胁，我们家族里的这些人却还是快快活活的。不管有什么情况，他们都快快活活。有癌症、水肿、肝硬化、精神错乱、偷窃、说谎、鸡奸、乱伦、瘫痪、绦虫、流产、三胞胎、白痴、酒鬼、废物蛋、盲信者、水手、裁缝、钟表匠、猩红热、百日咳、脑膜炎、中耳炎、舞蹈病、口吃、囚犯、梦想家、说书人、酒吧招待——最后还有乔治叔叔和梅莉亚姨妈。停尸房和疯人院。快活的一伙，桌上放着好东西——有红叶卷心菜和绿色的菠菜；有烤猪肉、火鸡、酸菜；有土豆丸子和酸肉汁；有萝卜和芹菜；有填鹅、豌豆、胡萝卜；有漂亮的白菜花；有苹果汁和士麦那产的无花果；有像棍棒那么大的香蕉；有肉桂糕和撒面包屑的蛋糕；有巧克力夹层蛋糕和各种坚果：核桃、灰胡桃、杏仁、美洲山核桃、山核桃；有贮藏啤酒和瓶装啤酒；有白葡萄酒和红葡萄酒；有香槟酒、居默尔香酒、马拉加白葡萄酒、波尔图葡萄酒；有烧酒；有辣味奶酪；有味道不浓、无可挑剔的切达干酪；有清淡的荷兰奶酪；有林堡奶酪和抹面包的软乳酪；有家酿葡萄酒、接骨木果酒；有酸味苹果酒和甜味苹果酒；有大米布丁和木薯淀粉；有烤栗子、橘子、橄榄、泡菜；有红、黑鱼子酱；有熏鲟鱼；有柠檬蛋白饼；有手指饼干和指状巧克力松饼；有蛋白杏仁饼干和奶油泡芙；有黑色的雪茄和细长的雪茄；有"达勒姆公牛"、"长筒大炮"和各种海泡石烟斗；有玉米棒子和牙签，会使你第二天牙龈火辣辣疼的木制牙签；有角上绣着你名字开头字母，宽度为一码的餐巾。屋里生着的煤火烧得很旺，窗户上冒着水蒸气，世界上的一切都在你眼前，除了一只洗手指的碗。

零度的天气，疯狂的乔治，被马咬掉了一条胳膊，穿着死人剩下的衣服。零度的天气，梅莉亚姨妈，正寻找着她留在帽子里的小鸟。零度，零度，拖船在楼下的港口发出喷气声，冰块上下浮动，从船头到船尾缭绕着一道道又细又长的烟气。大风以每小时七十英里的速度刮过来；成吨成吨的雪全被削成小雪花，每一片雪花都带着一把匕首。窗外的冰柱像开塞钻，大风咆哮，窗玻璃咔嗒咔嗒直响。亨利叔叔正唱着“为德国第五欢呼！”他的背心敞开着，背带掉了下来，太阳穴上青筋暴突。为德国第五欢呼！

在阁楼上，那张吱吱嘎嘎响的桌子已经摆好；底下是温暖的马厩，马在各自的栏内嘶叫，嘶叫、咀嚼、刨地、笨重地走动，粪便和马尿、干草和燕麦、冒热气的毛毡和干燥的脏物等的美妙香味，麦芽和旧木头、皮挽具和鞣料树皮等的味道，像芳香的烟一般袅袅升起，停留在我们的头顶上。

马厩依赖于马。这些马站在热烘烘的尿里，不时变得活蹦乱跳，拂动着它们的尾巴，放屁，嘶叫。炉子像红宝石一样烧得红通通的，空气因为烟雾而变成了蓝色。桌子底下，梳妆台上，水池里，全是瓶子。疯乔治试图用一只空袖子抓自己的脖子。废物蛋内德·马提尼正瞎摆弄留声机；他老婆嘉莉正从大酒壶里狂饮。小家伙们正在楼下马厩的黑暗中玩臭手指头。在街上棚屋区开始的地方，小孩子们正在造一个可以在冰上滑行的池塘。到处都是由寒冷、烟雾、雪形成的蓝青色。梅莉亚姨妈正坐在一个角落里抚弄一串念珠。内德叔叔正在修理马具。三位祖父和两位曾祖父靠近炉子挤作一团，谈论着普法战争。疯乔治正舔吃着残渣。女人们正挨得越来越近，她们说话声很低，舌头喋喋不休。一切都像拼板玩具一样相配——脸、声音、姿势、身体。每一个人都在他自己的运行轨道上受到引力作用。留声机又响起来，声音变得更响更刺耳了。留声机突然停下。在他们脱口说出来的时候，我本不应该在那里的，可是我在那里，而且也听到了。我听到，大麦琪，就是在弗拉辛那边开酒馆的那个，同她亲哥哥睡觉，这就是乔治之所以发疯的原因。她和每一个人睡觉——除了她自己的丈夫。然后我听说她常常用皮带抽乔治，常常把他直打得口吐白沫。这就是引起发病的原因。那时候梅勒[1]坐在角落里——她是又一个例子。她竟像孩子一样怪里怪气。在这方面，母亲也是这个样子。保尔死了，这太糟糕了。保尔是梅勒的丈夫。是的，如果那个从汉堡来的女人不出现，不腐蚀保尔，一切都会没问题。梅勒能做些什么来对付那样一个聪明女人——对付一个精明的婊子呢？对梅勒得采取些措施。有她在周围，情况很危险。就在前两天，他们发现她坐在炉子上。幸好火不太旺，但是，假如她想起来要放火烧房子——在他们都睡着的时候呢？可惜她不能再做任何工作了。他们为她找到的最后一个地方是这样好的一个去处，有这样仁慈的一个女人照料她。梅勒变懒了。她同保

① 即梅莉亚姨妈。

尔在一起过得太悠闲。

我们走出门外的时候，空气很清冷。满天星星很有生气的样子。在栏杆上、台阶上、窗台上、门窗的格栅上，到处都是洁白的积雪，覆盖着肮脏、罪恶大地的白色大衣。空气清冷纯净，就像深深吸入了几口阿摩尼亚，皮肤像羚羊皮一样光滑。蓝色的星辰，一堆又一堆的星辰，随着我们这些羚羊飘忽不定。这样一个美丽而夜深人静的晚上，好像在雪底下躺着金子般的心，好像这德国的热血正从沟里流走，去堵住饥饿婴儿的嘴，去洗掉世界的罪恶与丑陋。深夜里，河流被冰阻塞了，星星跳舞，旋转，像陀螺般旋转。我们全家人零零散散地沿着起伏不平的街道散开。沿着纯白的地面，留下足迹、脚印。这个正用圣诞树扫雪的古老德国家庭。全家都在那里：叔叔伯伯、堂兄弟姐妹、兄弟、姐妹、父亲、祖父。全家都暖洋洋、醉醺醺，没有人想另一个人，想早晨将升起的太阳，想为人跑腿的事，想医生的诊断，想所有那些把白天弄得乌烟瘴气，却使这夜晚变得神圣，使这由蓝色的星星和深深的积雪、由山金车花和阿摩尼亚、由日光兰和金刚砂构成的夜晚变得神圣的残酷而可怕的义务。

没有人知道梅莉亚姨妈会完全发疯，没有人知道当我们走到拐角那里的时候，她会像驯鹿一样跳向前去，咬下一块月亮。在拐角那里，她像驯鹿一样跳向前去，尖叫着。“月亮，月亮！”她喊道，同时她的灵魂出窍，完全离开了她的肉体。它一分钟走八千六百万英里。走啊，走，一直走到月亮那里，没人有足够快的念头来阻止它。就像已经发生的情况那样。一眨眼的工夫。

现在我要告诉你，那些杂种对我说些什么……

他们说：亨利，你明天送她去疯人院。不要告诉他们我们能付得起她的费用。

妙哉！总是兴高采烈！第二天早晨我们上了电车，去了乡下。如果梅勒问去哪里，我该说："去看莫妮卡姨妈。"但是梅勒什么也没问。她安静地坐在我旁边，不时指指那些母牛。她看见蓝色的母牛、绿色的母牛。她知道它们的名字。她问月亮在白天发生了什么事，我是否碰巧有一截碎肝红肠。

一路上，我哭了——我忍不住。在这个世上太好的人却要被锁起来。太好的人都有些毛病。确实，梅勒很懒。她天生就懒。确实，梅勒是个不称职的家庭主妇。确实，梅勒不知道在他们给她找来一个丈夫时如何抓住他不放。当保尔同那个汉堡来的女人私奔时，梅勒坐在角落里哭泣。别人要她去做点儿什么——让他吃枪子儿，大吵大闹，起诉要求赡养费。梅勒安静地坐着。梅勒哭泣着。梅勒低垂着脑袋。她仅有的一点点理智也抛弃了她。她就像一双破袜子，被踢到这儿，踢到那儿，到处踢，总是不合时宜地出现。

然后有一天，保尔拿了根绳子，吊死了自己。梅勒一定明白发生了什么，因为现在她彻底疯了。前一天他们发现她在吃自己的大粪，再前一天他们发现她坐在炉子上。

而现在，她非常安静，她叫着母牛的名字。月亮迷住了她。她不害怕，因为我和她在一起，她始终信任我。我是她最喜欢的人。尽管她弱智，却对我很好。别人更有理智，但他们的心都坏了。

当阿道尔夫兄弟带她坐马车出去兜风时，别人常说："梅勒的眼睛盯着他！"但是我认为，梅勒当时一定像她现在同我谈话一样无辜。我想，梅勒在履行她婚后义务时一定始终在天真地梦想着她要送给每一个人的漂亮礼物。我认为梅勒对罪恶、负罪感或后悔都一无所知。我认为梅勒天生是一个弱智的天使。我认为梅勒是一个圣人。

有时候她被解雇，他们往往派我去接她回来。梅勒从来不认识回家的路。我记得她无论什么时候看见我来，总是那么高兴。她会天真地说，她要和我们待在一起。为什么她不能和我们待在一起呢？我常常一遍又一遍地这样问自己。为什么他们就不能为她在火炉边腾出一块地方，让她坐在那里梦想呢？如果这就是她想要做的一切，为什么不能这样呢？为什么每个人都必须工作——甚至圣人和天使也这样呢？为什么弱智者要树立一个好的榜样呢？

我现在想着，归根结底，我现在领她去的地方会适合她。不再工作。只是，我更愿意他们在某个地方为她腾出一个角落。

走在通往大门的石子路上时，梅勒变得不安起来。即使一只小狗在被带到池塘里去溺死时也会明白事理。梅勒在发抖。在大门边，他们正等着我们。大门打开。梅勒进到里面，我在外边。他们试图哄她跟他们去。他们现在对她很温和。他们同她说话时如此轻声轻气，但是梅勒吓坏了。她转过身，朝大门跑来。我仍然站在那里。她从铁条里把胳膊伸出来，抓住我的脖子。我体贴地吻了她的额头。我轻轻松开她的胳膊。别人又要把她带走。我受不了看见那个。我必须走。我必须跑开。但是，有整整一分钟的时间，我站着看她。她的眼睛似乎变得硕大无朋。两只圆溜溜的大眼睛，深黑色的，像黑夜一般，百思不得其解地瞪着我。没有一个疯子会那样看人。没有一个白痴会那样看人。只有天使或圣人才那样。

我说过，梅勒不是一个好家庭主妇，但是她知道如何做油煎肉饼。这就是我想起来的配方：由湿面包的腐殖质（来自一个像样的小便池）构成的胶状物加马肉（只是马蹄上部的丛毛），剁得很细，同一些香肠肉馅和在一起，在手掌里搓。她在那个汉堡女人到来之前和保尔一起经营的那家酒馆就在第二大道L的弯道附近，离救世军使用的中国宝塔不远。

我从大门边跑开后，在一堵高墙边停下，把脑袋埋进撑在墙上的胳膊里，抽泣起来。自小时候以来，我还从没有这样抽泣过。在这时候，他们正在给梅勒洗澡，让她穿上规定的服装；他们把她的头发从中间分开，梳平整，在颈背处绾成一个发结。这样就没有一个人看上去有何特殊了。所有人都有同样的疯狂样子，无论他们是半疯，还是四分之三疯，还是只有一点点疯。当你说“我可以要笔和墨水写封信吗”，他们说“行”，递给你一把扫地的笤帚。如果你心不在焉地在地上撒尿，你得把它擦掉。你可以随心所欲地抽泣，但绝不能违反住房规定。疯人院必须和其他房子一样管理得井井有条。

梅勒被允许一周会见一次客人。三十年来姐妹们一直都去疯人院。她们已经腻味透了。当她们还是小娃娃时，她们就常去看布莱克韦尔岛上的母亲。母亲总是说要当心梅勒，要看好她。当梅勒眼睛睁得又大又亮，站在大门边上时，她的心思一定像一列快车一般往回开。一定是一切都同时在她脑海中迸出。她的眼睛又大又明亮，好像它们看到的东西比它们所能理解的更多。因恐惧而明亮，在恐怖底下是无限的混乱。这就是使它们明亮得如此之美的东西。你若如此清楚，如此突然地看见事物，那你也不得不发疯。如果你很伟大，你就可以保持那个样子，人们将信任你，信赖你，为你把世界翻个个儿；但是如果你只是部分伟大，或只是一个小人物，那么你身上发生的事情就无人知晓。

早晨在尖叫着的高架铁路底下做一次思维十分活跃的散步，从德兰西街朝北走向华尔道夫，在那里，老爷子前一天晚上一直同朱利安·莱格利在孔雀巷闲逛。每天早晨从德兰西街车站往北走向华尔道夫时，我都写一本新书。在每一本书的扉页上都用硫酸写着：乱伦之岛。每一个早晨都是从前一天夜里的醉酒呕吐开始的；它构成了一朵巨大的栀子花，它戴在我翻领的纽扣洞里，我那件全部使用丝绸作衬里的双排扣西服的翻领。我带着黑色的阴郁气息来到裁缝铺，也许发现汤姆·乔丹在改制室里等着让人把污迹从他的纽扣遮盖上去掉。在接连写了三百六十九页之后，由于感到说“早上好”很无聊，我没有显示出普通的礼貌。我今天早晨刚完成了我祖宗家谱的第二十三卷，书中甚至见不到一个逗号，因为它全部是即兴写成，甚至连自来水笔也不用。我，这个裁缝的儿子，现在正要对恩迪科特·芒福德的第一流毛织品推销员说：“早上好！”他正穿着衬衣，站在镜子前，察看眼睛底下的眼袋。家谱上的每一个分支都在我眼前晃悠：从易北河疯狂的黑色迷雾中浮现出这个千变万化的乱伦之岛，它产生了每天早晨我戴在纽扣洞里的奇异之花。我正要对汤姆·乔丹说：“早上好！”我嘴唇发抖。我看见一棵大树从黑色迷雾中升起，在树干的穴中，坐着那个汉堡来的女人，她的屁股紧绷绷地挤出椅子背外。门插着闩，从裂缝里我看见她那张绿色的脸，嘴唇紧闭，鼻孔扩张。疯乔治正拿着带画的明信片挨家挨户走，被马咬掉的那条胳膊不见了，埋掉了，空袖子在风中飘拂。当日历上一页页都被撕去，只剩下最后六页的时候，疯乔治会按响门铃，他站在门槛前，唇须上结着冰柱，手里拿着帽子，喊道：“圣诞快乐！”这是易北河上长出来的最疯狂的谱系之树，树上的每一根枝杈都枯萎了，每一片叶子都已凋零。这是一年一度定期喊“圣诞快乐”的那棵树。不管各种灾祸，不管癌症、水肿、偷窃、说谎、鸡奸、瘫痪、绦虫、中耳炎、舞蹈病、脑膜炎、癫痫、叶苔等的泛滥。

我正要说：“早上好！”我嘴唇发抖。二十三卷《末日审判书》是以乱伦的精确写成的，用最精致的摩洛哥皮装订封面，每一卷都妥善保管。汤姆·乔丹充血的双眼粘在镜子上了；它们像一匹马要抖掉一只飞蝇般颤抖。汤姆·乔丹总是在脱掉他的裤子，或是穿上他的裤子。总是把他的裤裆扣系上或解开。总是叫人把污渍除去，让人做出一道新的褶缝。梅莉亚姨妈正坐在单人监房里，在家谱大树的树荫下。母亲正把呕吐的痕迹从上星期的脏衣服上洗掉。老爷子在皮带上磨剃刀。犹太人正从桥下的阴影中进逼过来。白天越来越短，拖船喷着蒸汽，或者像牛蛙般叫唤，港口挤满了冰块。写在空中的这本书的每一章都浓化了血液，它的音乐震掉了外部空气中的疯狂焦虑。夜晚像隆隆的雷声般降临，将我放在人行公路的路面上，这条路最终不通到任何地方，而是明晃晃地由发光的轮辐包围着，沿着这些轮辐，既转不回来，也静止不了。

从桥的阴影中，乌合之众进逼过来，越来越近，像金钱癣，留下一处化脓的巨大溃疡，沿着第十四街从一条河来到另一条河。这条流脓的线无形地从一个大洋流到另一个大洋，从一个世纪流到另一个世纪，清楚地划分出我从账本上了解的非犹太世界和我将要从生活中知道的犹太世界。在这两个世界之间，在这从一条河流向另一条河的脓线中间，立着一只满是栀子花的小花盆。这是乳齿象漫步的范围，在这里水牛再也不能吃草；狡猾的、抽象的世界在这里像悬崖一般突起，在悬崖中间埋葬着革命的烈火。每天早晨我越过这条线，纽扣洞里戴着一朵栀子花，随身携带又一卷写在空中的书。每天早晨我涉水走过满是呕吐物的地沟，到达美丽的乱伦之岛；那悬崖每天都越来越高地升起，窗户轮廓像铁路轨道一样笔直，其光亮的闪烁比擦亮的脑壳更令人眼花缭乱。每天早晨地沟都更加充满威胁地张开大口。

我现在应该对汤姆·乔丹说："早上好！"可是话挂在嘴边颤抖着。这算什么早晨？要我把它浪费在打招呼上。它好吗，这早晨中的早晨？我正在失去区别这早晨和那早晨的能力。账本里是正在迅速消失的野牛世界；隔壁的铆工们正在缝合未来摩天大楼的肋骨。穿着铅鞋、有玻璃脑壳的狡猾东方人正在筹划明天的纸张世界，一个完全由商品构成的世界。商品像一个纸盒工厂一样，盒子摞盒子地升起：离岸价，卡纳西。今天还有时间参加新近死去者的葬礼；明天就没有时间了，因为死者将被留在现场，谁流一滴眼泪，那他就倒霉了。这是一个适合革命的早晨，要是有机关枪而不是鞭炮的话。如果昨天早晨不是一个彻底的惨败，那么今天早晨将会是一个辉煌的早晨。过去飞快跑开去，地沟加宽。明天比它在昨天时离得更遥远，因为昨天的马跑疯了，穿铅鞋的人赶不上它。在早晨的好与早晨本身之间，有一条流脓的线，它把恶臭吹到昨天，又败坏了第二天。这是一个如此混乱的早晨，以至于如果它只是一把旧伞，那么最小的一个喷嚏也会叫它吹起喇叭。

我的整个一生都在一个连续不断的早晨中伸展开去。我每天从头写起。每天都有一个独立的、完整的新世界被创造出来，我在灿烂的群星中间，一位如此着迷于他自己的神，除了唱歌、创造新世界以外什么也不做。同时,旧天地正在瓦解。旧天地就像改制室,裤子在里面被熨过,除去污渍,钉上纽扣。旧天地散发的味道,就像接受又红又烫的熨斗亲吻的一条湿衣缝。没完没了的改动和修补,袖子加长,衣领放低,把纽扣移近,贴上新的裤子后裆。但是从来没有一套新服装,从来没有一种创造。有每天从零开始的早晨世界,以及东西在里面不断被改动、修补的改制室。这就是我生活的情况,夜间的缝纫者奔忙在我的一生中。整个夜间我都听到鹅颈式熨斗亲吻湿衣缝时发出的嗞嗞声;旧天地的表皮落在地板上,它们的恶臭散发着醋一样的酸味。

我父亲喜爱的人都脆弱而可爱。他们每一个人都消失了,像辉煌的星星遇上了太阳。他们平静地灾难性地消失了。没有留下一块碎片——除了对他们的火焰和光辉的回忆。他们现在在我心中流动,就像一条被陨落的星星阻塞的宽阔河流。他们构成了黑色的河流,使我的世界的轴心始终不断地旋转。从这条黑色的、没有尽头的、不断扩张的夜的腰带中,产生了浪费于创造中的连续不断的早晨。每天早晨河流溢过河岸,沿着河滩零零散散地留下了袖子、纽扣洞,以及一个死亡天地的所有外表,而我则站在河滩上观照创造之晨的海洋。

站在海岸上,我看见疯乔治靠在殡葬所的墙上。他戴着一顶滑稽的小帽,系着赛璐珞领子,但是没戴领带;他坐在棺材旁边的长凳上,既不伤心,也不微笑。他安静地坐在那里,像一个从一幅犹太绘画中走出来的天使。棺材里的尸体是新放进去的，穿着一件乔治那样尺寸的芝麻呢套装，显得很庄重。他系着领子，戴着领带，背心口袋里有一块表。乔治把他抱出来，脱下他的衣服，在他一边换衣服的时候，他把他放在冰上。他不想把表偷走，就把它放在尸体旁边的冰上。尸体躺在冰上，脖子上围了一条赛璐珞领子。乔治走出殡葬所的时候，天正黑下来。他现在有了领带和一套好衣服。在拐角处的杂货店，他停下来买了一本他在橱窗里看见的笑话集；他在地铁里站着的时候，记下了一些笑话。它们是乔·米勒[①]的笑话。

正是在同样的时刻，梅莉亚姨妈给亲戚们送来了情人节的问候。她穿着一套灰色制服，头发从中间分开。她写道，她和新朋友们在一起很快活，吃得也很好，但是她想让他们记着，她上次想要一些狂欢节糕点——他们能用邮包给她寄一点儿吗？她说，在厨房外面的垃圾桶周围长出了一些可爱的牵牛花。她说她上星期天散步走了很长的路，看到许多驯鹿、野兔和鸵鸟。她说她的拼写很糟糕，但是又说，她从来就写不好字。每个人都非常好，有许多工作要做。她想尽可能快地要一些狂欢节糕点，可能的话用航空寄来。她请院长为她做一些，给她过生日用，但他们忘记了。她说，请寄点儿报纸来，因为她喜欢看广告。她曾经看见过一顶帽子，她想是在布卢明代尔公司，价格很便宜。也许他们可以把帽子同狂欢节糕点一块儿送来？她感谢大家圣诞节送给她的可爱贺卡——她仍然记得它们，尤其

① 乔·米勒(1684—1738)：英国喜剧演员，死后有人以其名义出版《乔·米勒笑话集》。

是上面带银星星的那一张。每个人都认为它很可爱。她说她马上要去睡觉了，她要为他们所有人祷告，因为他们总是对她那么好。

天昏暗下来，总是在大约相同的时刻，我站在那里凝视大海的镜子。冰冷的时间，既不快也不慢，只是一具僵硬地躺在冰上的死尸，系着赛璐珞领子——要是他勃起，就更不可思议了……太不可思议了！在楼下黑暗的门厅里，汤姆·乔丹正等着老爷子下楼来。他有两个胖乎乎的婊子同他在一起，其中一个正在系吊袜带；汤姆·乔丹正帮她系。同样的时刻，如我所说，临近黄昏，劳森太太正穿过公墓，再一次看一眼她宝贝儿子的坟墓。她亲爱的男孩杰克，她说，尽管他七年前蹬腿时已经三十二岁了。他们说这是风湿性心脏病，但事实上是这宝贝男孩搞大了那么多性感少女的肚子，以致在她们把他身上的脓抽干的时候，他就像一架抽粪机一样臭气冲天。劳森太太似乎根本不记得那些。这是她的宝贝男孩杰克，坟墓始终很整洁；她手袋里带着一小块鹿皮，为的是可以每天晚上擦墓碑。

同样的黄昏时刻，僵尸在冰上躺着，老爷子站在电话亭里，一只手拿着听筒，另一只手抓着热烘烘、湿漉漉、毛茸茸的东西。他正打电话告诉家里不要推迟开饭了，他得带一个客户出去，会很晚回家，不要担心。疯乔治正在翻乔·米勒的笑话集。再往南，靠近莫比尔，他们正在练习圣路易斯布鲁斯曲，面前没有一个琴键，人们昨天、今天、明天听到这曲子，就准备要发疯。每个人都准备要被沥青表面的水汽中渗出的新音乐所强奸，所麻醉，所玷污，所灌醉。很快到处都是同样的时刻，只要拨号或乘坐悬在空中的气球就行。这是喝咖啡闲聊的人坐在家里饭桌旁的时刻，每个人都因不同的情况被施加影响，那个长颊须、手指上戴着沉重戒指的女人更倒霉，因为她经受得起。

这个时刻美得惊人，每一个人都似乎在走自己个人的道路。爱和谋杀仍相隔几个小时。爱和谋杀，我感到正随黄昏一起来临：新的婴儿从子宫里钻出来，粉红色的嫩肉缠在带倒刺的铁丝上，整夜尖叫，像死人骨头一样腐烂，离无名之地一千英里。疯狂的少女静脉中流着冰冷的爵士乐，正煽动男人立起新的建筑；脖子上戴着狗项圈的男人涉过没过眼睛的粪塘，以便电力大王可以统治大海。种子里的东西把我的尿都吓出来了：一个崭新的世界正从鸡蛋里出来，无论我写得多么迅速，旧世界却死得不够快。我听到新的机关枪声，成百万架骨骼同时粉碎；我看见狗发了疯，鸽子脚脖上带着字母掉下来。

总是兴高采烈，无论是北起德兰西街，还是南至那条流脓的线！我柔软的双手在世界的身体里，翻起热烘烘的内脏，整理好，又打乱，把它们切开，又再缝上。把外科医生所了解的温暖体感同牡蛎、肉赘、溃疡、疝、癌细胞、新生的球茎甘蓝、夹子和镊子、剪刀和热带生长物、毒药和毒气一起全锁在里面，由皮肤小心覆盖好。从泄漏的总管道里，爱像阴沟气一般涌出来：戴着黑手套、系着黑色吊袜带的疯狂的爱；大声咀嚼、喷着鼻息的爱；藏在枪管里一夜又一夜地让屁眼开花的爱。那些从我父

亲铺子里穿堂而过的人浑身都是爱的气息：他们暖洋洋，醉醺醺，懦弱而懒惰。以性装点的快艇，当他们夜间航行经过我的时候，他们扰乱了我的梦。站在纽约中心，我能听到母牛颈铃的叮当声，或者，转一下脑袋，我可以听到临死前喉鸣声中那种甜甜的音乐，一道红线画在账页上，每一只袖子都有一圈黑纱。只要把我的脖子拧过去一点点，我就可以凌空站在最高的摩天大楼上边，往下看现代进步的巨大车轮留下的车辙。没有什么东西对我来说是太难做到的，只要它身上有一点点悲伤和痛苦。在我们这里，有所有器质性疾病——以及一些非器质性疾病。我们像水晶一样延伸，从一种罪恶到另一种罪恶。一种欢乐的旋转，在旋转的中心，我的第二十一年已经覆盖上了铜锈。

当我不再能记事的时候，我将始终记得我得了淋病的那一夜，老爷子醉得如此酒气冲天，他把他朋友汤姆·乔丹带来一起上床。这真是美好动人——到外面去得一场淋病，这时家庭的荣誉危在旦夕，你可以说它和票面价格相等。为的是不在那里参加盛大舞会，看着老爹老娘扭打在地，扫把飞舞。为的是不在那里看到汤姆·乔丹在清冷的晨光中跪在地上，乞求宽恕，但是即使他跪在地上也不被宽恕，因为一个路德派教徒的心是不可动摇的，不知道宽恕是什么意思。动人而美好：第二天早晨在报上读到，前一天晚上的同样时刻，建了保龄球道的那个牧师在黑暗的房间里被人抓到，一个赤裸裸的男孩正坐在他的腿上！但是使这一切极度美好动人的是，第二天对这些事情一无所知的我回到家，请求允许同一个老得足以当我母亲的女人结婚。当我说“结婚”的时候，老妈操起一把面包刀就冲我而来。我记得，在我离家时，我在书柜旁停下，抓了一本书。书的名字是《悲剧的诞生》[1]。多么滑稽可笑，前一天夜里的扫把、面包刀、淋病、被当场抓住的牧师、变凉的丸子、癌细胞……我那时候常想，生活中的一切悲惨事件都写在书中，外界进行的事情只是稀释了的谎言。我以为一本美好的书是大脑的有病部分。我从来不明白整个世界都可能有病！

我胳膊底下夹着个小包走东窜西。比方说，在一个明朗的大好清晨，痰盂都已洗过、擦亮。我喃喃自语地走进伍尔沃思大楼——“早上好，桑代克先生，今天早晨天气真好，桑代克先生。你对服装感兴趣吗，桑代克先生？”桑代克先生今天早晨对服装不感兴趣；他谢谢我的来访，把名片扔到废纸篓里去了。没有什么好气馁的，我又试一下美国捷运公司大楼。“早上好，哈萨威先生，今天早晨天气真好！”哈萨威先生不需要一个好裁缝——他有一个裁缝已经三十五年了。哈萨威先生很不高兴，他他妈的对极了，我跌跌绊绊走下楼梯时暗想。一个明朗的大好清晨，这不能否认，于是，为了去掉嘴里留下的苦涩味道，也为了观赏一下海港，我坐电车过桥，去找一个名叫戴克的吝啬鬼。戴克是个忙人。他是那种让人把午饭送上来，一边吃，一边让人给他擦鞋的人。戴克得了一种由于那事引起的神经疾病。他说如果我们不再每月向他讨债的话，我们可以给他做一

---

① 德国哲学家尼采（1844—1900）的哲学著作。

套芝麻呢套装。那女孩只有十六岁，他不想把她的肚子搞大。是的，贴袋，请关照！此外，他有老婆和三个孩子。此外，他不久要竞选法官——遗嘱检验法庭的法官。

靠近日戏演出的时间了。跳上车回纽约，在脱衣舞厅那儿下车，那里的招待员认识我。前三排总是坐满了法官和政客。屋里黑洞洞的，玛吉·派奈蒂穿着一身脏兮兮的白色紧身衣裤，正站在延伸到观众中间的台道上。她有舞台女郎最令人赞叹的屁股，每个人都知道这一点，包括她自己。看完表演后，我漫无目的地四处走走，看看电影院，看看犹太熟食店。在投币机游乐场站一会儿，听扩音器上传出的迷人声音。生活只是一个充满巧克力夹层蛋糕和越橘饼的连续蜜月。往投币孔里投入一个分币，就可以看见一个女人在草地上脱衣服。往投币孔里投入一个分币，就可以赢到一副假牙。每天下午世界由新的组成部分构成：弄脏的部分被送到干洗店，用旧的部分被捣碎，卖作废物。

往住宅区方向走过那条流脓的线，穿过大饭店的大厅。如果我愿意，我可以坐下来，看别人走过大厅。每个人都戒备着。到处都在发生各种各样的事情。等待某件事情发生时的那种极度紧张是令人神志不清的。高架列车急驰而过，出租车鸣着喇叭，救护车发出当当声，铆工铆着铆钉。穿着华丽制服的旅馆侍者正寻找着没有回答姓名的人。在下面的金黄色的厕所里，人们站成队，等着小便；由长毛绒和大理石、纯净的令人愉快的味道、漂亮地冲洗便池的水构成的一切。人行道上有一堆报纸，大标题墨迹未干，全是关于凶杀、强奸、纵火、罢工、伪造、革命的。人们正越过彼此，不买票就闯入地铁。在布鲁克林那一边，有一个女人正等着我。年龄大得足以当我的母亲，她正等着我娶她。她的儿子得了肺结核，已经病重到如此地步，再也不可能从床上爬下来。了不起的乳房，上楼到她阁楼里做爱，儿子则在隔壁房间里咳嗽，连肺都快咳出来了。此外，她正在从流产后的衰弱中恢复过来，我不想再把她的肚子搞大——至少不是马上。

高峰时间！地铁成了一个对任何人开放的天堂。我紧紧地挤在一个女人的身上，都可以摸到她外阴部的阴毛。这么紧紧地粘在一起，我的指关节在她的腹股沟上留下了一道凹痕。她眼睛直盯着前方，看着我右眼底下一个极小的小点儿。到运河街的时候，我设法把我的那玩意儿放到指关节原先所在的地方。这玩意儿像疯了一般跳跃，无论车厢朝哪个方向颠簸，她总是在同样的位置，面对着我的衬衣领子。甚至在乘客减少以后，她还是站在那里，骨盆向前突出着，眼光固定在我右眼底下一个极小的小点儿上。她在区政厅站下车，连媚眼都没对我抛一次。我跟她到地面街上，想着她也许会转过身，至少说一声"喂"，或者让我给她买一块糖霜巧克力，假如我能买一块的话。然而没有，她像离弦的箭一般离去，脑袋连八分之一英寸的角度都没有转动过。他们是怎么干的，我不知道。他们成百万人每天不穿内衣站起来干。结局是什么——一次淋浴？一次按摩？十之八九他们是倒在床上，用手指来干完这活儿。

总之，快到傍晚了，我勃起着足以撑破我裤裆的那东西到处走。人群越来越稠密。现在每个人都拿着一份报纸。天空布满被照得亮堂堂的商品，每一件商品都被保证是令人愉快的，有益健康的，经久耐用的，富有情趣的，无噪声的，防雨水的，不朽的，是生活缺了它就不能忍受的极品，事实上生活已经是不能忍受的了，因为根本就没有生活。大约就在这个时候，老亨斯克离开裁缝铺，往住宅区方向的纸牌俱乐部而去。一项愉快的兼职工作，这使他忙到凌晨两点。没有许多事做——只是拿一拿先生们的帽子大衣，用一个小盘子端上饮料，清除烟灰缸里的烟灰，不断把火柴盒加满。从一切方面考虑，这都是一份愉快的工作。靠近午夜的时候，如果先生们想要的话，就为他们准备一点儿小吃。当然，有痰盂和抽水马桶要打扫，但是，都是这样一些绅士，真的不费什么事。然后，总是可以吃点儿奶酪和饼干，有时候还有一小口波尔图葡萄酒。偶尔还可以得到一份凉的小牛肉三明治，留到第二天吃。真正的绅士啊！没的说。抽最好的雪茄。甚至剩下的烟蒂味道都很好。真是一项非常非常愉快的工作！

到吃晚饭的时候了。大多数的裁缝铺都已打烊。顾客名单上会有一些怪僻老头，正等着来试穿。他们背着手踱来踱去。所有人都走了，只留下裁缝铺老板本人，也许还有裁剪师或改制师。老板很想知道，他是否得重新做粉笔记号；支票会不会及时到来，他可以用来支付租金。裁剪师正在自言自语："嘿，是的，某某先生，嘿，当然……是的，我想那里应该再高一点儿……是的，你很对……左边是有点儿不对劲儿……是的，我们几天内就给你弄好……是的，某某先生……是的，是的，是的，是的，是的……”做好的衣服和未做好的衣服都挂在架子上；布匹都整整齐齐堆在桌子上；只有改制室里的灯光还亮着。突然，电话铃响了。是某某先生打来的，他今晚来不了了，但是他希望马上把他的燕尾服送去，就是钉了上周他挑选的新纽扣的那一件，但愿它千万不要再在脖子那儿不服帖了。裁剪师戴上帽子，穿上大衣，迅速跑下楼去参加在布朗克斯举行的一次犹太复国主义集会。老板留下来关铺子，把尚未关的灯全关上。他所派的把燕尾服马上送去的男孩就是他自己，这没有什么关系，因为他将通过顾客途径到处钻营，再没有比这更聪明的了。没有一个人的样子比送燕尾服给某某先生的裁缝铺老板更像百万富翁的了。精神抖擞，风流潇洒，皮鞋锃亮，帽子收拾得整整齐齐，手套洗得干干净净，胡子上抹了蜡。只有在他们坐下来吃晚饭的时候，他们才露出忧心忡忡的样子。没有胃口。今天没有订单。没有支票。他们失望至极，十点钟就上床，可是到了上床睡觉的时候，他们又再也睡不着了。

走过布鲁克林大桥……难道这就是世界？这样走来走去，这些亮堂堂的大楼，这些从我身边经过的男女？我看他们动着嘴唇，这些从我身边经过的男女的嘴唇。他们在谈论什么——其中有些人谈得如此认真？我讨厌看见人们如此极其认真，而我自己却比他们任何人都更加痛苦。一种生活！有亿万种生活要经历。到目前为止，关于我自己的生活，我没有一件事情可说。没有一件事情。一定是我不得要领。应该回到地铁去，抓住一个女孩，在街上把她强奸；应该回到早晨的桑代克先生那里去，啐他的脸；应该站在时报广场，手里抓着那玩意儿，往沟里撒尿；应该抓起一把左轮手枪，向人群近距离射击。老爷子正过着放纵的生活，他和他亲密的伙伴们。而我则走来走去，又恨又忌妒，脸都变青了。我回到家时，老妈正在抽泣，心都快要碎了。听着她这样哭泣，夜里我不能入眠。我也恨她那样哭泣。这一个抢劫我，那一个惩罚我。在我最想做的事就是使她心碎时，我还怎么能够投入她的怀抱，去安慰她呢？

沿着包厘街走……此时此刻，这是一个像浓鼻涕那样绿的漂亮牧场。拉皮条的、无赖、甜姐儿、乞丐、叫花子、票贩子、枪手、意大利佬、爱尔兰酒鬼，全都发疯似的寻找一点儿吃的东西、一个睡觉的地方。*走啊，走啊，走啊*。我二十一岁，白人，在纽约出生长大，体格健壮，智力健全，背景良好，没有坏习惯，等等。把它写在牌子上。按票面价格出售。除了出生在这里，没有犯过别的罪。

过去，我们家庭的每一个成员都用他的双手做点儿事情。我是第一个油嘴滑舌、良心不好的浪荡鬼、坏种。

在人群中游泳，我是其中的一个数字。裁制，再裁制。灯光闪烁——开了关，开了关。有时候这是一条橡皮胎，有时候这是一块口香糖。其悲剧性在于没有人看到我脸上的绝望表情。我们有成千上万的人，我们互相从身边经过，脸上毫无打招呼的意思。灯光像电针一般上下跳动。原子因光和热而发疯。一场大火正在玻璃后面燃烧，但是没有东西给烧掉。人们累断了腰，绞尽了脑汁，发明了一种小孩子都能操纵的机器。只要我能发现将要操作这部机器的假设的小孩，我就会把一把榔头放到他手里，说：打碎它！打碎它！

打碎它！打碎它！这就是我能说的一切。老爷子坐着一辆四轮四座马车到处跑。我忌妒他内心的安宁。他旁边坐着他的亲密伙伴，肚子里灌了一夸脱黑麦威士忌。我怨恨得脚趾上都起了泡。比我大二十岁，这家伙时刻显得越来越糟糕。这使我感到窒息。二十年后不会再有任何温柔可爱的人等着问候我。现在的每一个亲密伙伴都是一头绝种的野牛，一去不复返。钢筋水泥把我围在里面。铺石路变得越来越硬。新世界正在把我消耗掉，剥夺我的所有。不久我连名字都不需要了。

我曾经认为有不可思议的事情在等待我，认为我可以建立一个空中世界，一个纯白色唾液构成的城堡，它将使我升得比最高的建筑还高，在有形与无形之间，把我置于音乐般的空间，在那里一切都将崩溃、灭亡，但我在那里却不受任何影响，像神一般伟大，是神圣中最神圣的。是我想象了这个世界，我这个裁缝的儿子！我这个从一棵硕大无朋的粗壮大树上的一颗小橡果里诞生出来的人。我在橡果里面，甚至大地最微弱的颤动都会传到我这里：我是大树的一部分，过去的一部分，那曾经辉煌过、代代相传的过去，带着骄傲，骄傲。在我掉到地上，被埋在那里的时候，我记得我是谁，我从哪儿来。现在我不在了，不在了，你听见吗？你没听见？我在号叫，在尖叫——你没听见我？把灯关上！把灯泡打碎！你现在能听到我吗？再响点儿！你说。再响点儿！基督啊，你在开我的玩笑？你聋了吗？哑了吗？瞎了吗？我必须把衣服脱掉？我必须倒立着跳舞？

那么，行！我就为你跳舞！欢乐地旋转起来，弟兄们，让她转，转，转！在你转着的时候再扔进去一条裤子。不要忘记，孩子们，我的那玩意儿在裤裆的右侧。你听见吗？让她转！总是兴高采烈！

杰勃沃尔·克朗斯塔特

这人,这脑壳,这音乐……

他住在一个低于地面的花园后面,一种有车前横木和斯宾诺莎[①]、雪松和猴面包树遮掩的林中空地,一种令人眩晕的布克斯泰胡德[②]的乐曲,装点着鞘翅和三桅船。你穿过一个岗亭,看门人在那里伴着像《阿依达》[③]最后一幕中充满狂热情调的乐曲捻着唇须。他们住在三楼,在一个用直棂分开的观景楼后面,观景楼装饰着戴马嚼子的西班牙猎犬和皮脂腺囊瘤、债券和挂出去晾干的鲽鱼。在门铃按钮上方写着:**杰勃沃尔·克朗斯塔特**,诗人,音乐家,草本植物学家,气象员,语言学家,海洋学家,旧衣服,胶质。在这下面是:"请擦一擦你的脚,擤一擤你

① 斯宾诺莎是荷兰哲学家,在这里用作普通名词,而且作为复数出现,带有某种象征意义。

② 布克斯泰胡德(1637 或 1639—1707):德国-丹麦裔风琴家、作曲家。

③ 可能是指朱塞佩·威尔第所创作品《阿依达》。

的鼻子!”再下面是一朵从一身旧套装上弄下来的玫瑰花饰。

“所有这一切都有点儿怪兮兮的,”我对我的同伴说,她的名字叫绮丽·基拉·贝。“他一定又来了月经。”

按了门铃以后,我们听到婴儿的哭泣声,一种响亮刺耳的号啕大哭,就像宰马的屠夫从梦中惊醒的嘶叫声一般。

最后,卡佳来到了门跟前——从黑森-卡塞尔来的卡佳——在她身后站着小皮诺奇尼,像薄脆饼一样单薄,手里拿着一个淡褐色的洋娃娃。皮诺奇尼说:“你们应该到客厅去,他们还没有穿好衣服。”当我问他们是否需要很长时间,因为我们都快饿死了的时候,她说:“哦,不!他们穿了好几个小时了。你们可以看一下爸爸今天写的新诗——它在壁炉架上。”

绮丽解下她的长蛇围脖时,皮诺奇尼咯咯直笑,说,哦,亲爱的,世界究竟怎么回事?一切都是这样,一切都晚了,你读过懒惰小女孩把牙签藏在褥垫底下的故事吗?可奇妙了!是爸爸从一本大书里读给我听的。

壁炉架上没有诗,但是有其他东西——《忧郁的解剖》、一只珀诺茴香酒的空瓶子、《乳白色的大海》、一块切好的烟草条、发卡、一本街道指南、一支陶笛……以及一只卷烟器。卷烟器底下是写在菜单、名片、手纸、火柴盒上的记事……“四点钟见凯思卡特伯爵夫人”……“米什莱的乳白黏液”……“体液排泄……子叶……肺结核”……“如果复活节与圣母领报节重叠在同一天,那么古老英国就要谨防突然的灾难了”……“从其脓水中产生了他的继承人”……“驯鹿,水獭,水貂,貂皮蛙”。

钢琴放在观景楼附近的一个角落里，一只带银烛台的不结实的黑盒子，黑色琴键已被西班牙猎犬咬掉。有一些标着贝多芬、巴赫、李斯特、肖邦等名字的唱片套，里面放满了账单、修指甲用具、棋子、玻璃弹球、骰子。克朗斯塔特心情好的时候，会打开一个标着“戈雅[①]”的套子，用C调为你演奏点儿什么。他能演奏歌剧、小步舞曲、苏格兰慢步圆舞曲、回旋曲、萨拉邦德舞曲、序曲、赋格曲、华尔兹舞曲、军队进行曲；他能演奏车尔尼、普罗科菲耶夫[②]、格拉纳多斯[③]；他甚至还能即席演奏，同时用口哨吹出普罗旺斯曲调。*但是必须用C调。*

因此，无论缺了多少黑色琴键，无论西班牙猎犬产崽还是不产崽，无论门铃是否出了故障，无论马桶是否冲水，无论诗歌是否写过，无论枝形吊灯是否掉下来，无论租金是否付清，无论自来水是否关掉，无论女仆是否喝醉，无论水池是否堵塞、垃圾是否腐烂，无论是否掉头皮屑、床是否吱嘎直响，无论花朵是否发霉，无论牛奶是否变质，无论水池是否油腻、墙纸是否褪色，无论消息是否过时、灾祸是否消失，无论嘴巴是否臭烘烘、两手是否黏糊糊，无论冰是否融化，无论踏板是否正常工作，都没有关系，反正都一样。圣诞节总会来的，因为如果你习惯于那样看世界，那么一切都可以用C调来演奏。

突然，门打开了，进来一只长着真菌状胡须、类癫状的巨

---

① 可能是指弗朗西斯科·何塞·德·戈雅·卢西恩特斯（1746—1828），西班牙画家。

② 即谢尔盖·普罗科菲耶夫（1891—1953），苏联作曲家、钢琴家。

③ 即恩里克·格拉纳多斯（1867—1916），西班牙钢琴家、作曲家。

兽。这是饿猫约卡瑟，一只有一副鸡奸者模样的大兽，灰褐色的毛皮，直愣愣的尾巴底下藏着两颗黑色的核桃。它像豹一样跑来跑去，像狗一样抬起后腿，像猫头鹰一样撒尿。

“我马上来，”杰勃沃尔透过门上镶玻璃的窗框说，“我正在穿裤子。”

现在埃尔莎进来了——从巴特瑙海姆来的埃尔莎——她把一只放有血红色玻璃杯的托盘放在壁炉架上。那只畜生正蹦着，嚎着，滚着，叫着春：它的睡莲叶般柔软的鼻子上有几粒辣椒末，鼻子下端像柔头弹一样柔软。它滚来滚去，发着暹罗猫的狂怒，它的尾巴骨比最细的沙丁鱼还要细。它抓地毯，嚼墙纸；它卷成一卷弹簧，又像花冠一般展开；它抖开尾巴打成的结，抖掉胡须上的真菌。它彻底咬穿了地板，咬到了诗的骨头。它在 C 调的旋律中，彻底发了疯。它有洋红色的眼睛，像老式的背心纽扣；它发青、发灰，像山金车花一般发褐，然后又像尼罗河一般发绿；它颤抖、不安、烦躁、爱戏弄人；它嚼衣服，发出沙沙的声响。

现在安娜进来了——从汉诺威-明登来的安娜——她拿来了法国白兰地酒、红胡椒、苦艾酒和一瓶伍斯特沙司。随安娜进来了几只坦普尔猫——拉合尔、迈索尔、坎普尔。它们都是雄的，包括那位猫妈妈。它们在地上打滚，脑袋缩着，相互之间无情地鸡奸。现在诗人本人出现了，问现在是什么时间，虽然时间是一个他从词汇表上一笔勾销了的词。时间，同死亡有着血亲关系。死亡无道理可循，时间就是其亲兄弟，现在两个行为之间有一点点时间，一种人造黄油，正直的人在其中混入一种饮料，使自己的肠胃肌肉抽搐。时间，时间，他说，撒了一点儿辣椒末在他的白兰地里。一种适合一切的时间，尽管我几乎不再使用这个词。这样说着，他察看了一下拉合尔的尾巴，这尾巴正痉挛着，他一边抓自己的尾骨，一边加上一句说，马桶已经做成银的了，你在那里将找到一本《人性》。

“你很漂亮。”他对绮丽·基拉·贝说，这时，门又打开了，吉尔披着一件古希腊人穿的尼罗河绿的短氅走过来。

“你不认为她很漂亮吗？”杰勃说。

一切都突然变得漂亮了，连那只一副鸡奸者模样的大兽约卡瑟也一样，它的核桃像肉桂一样发褐色，像荔枝一样柔软。

吹起海螺，呵锁骨的痒！杰勃肚子痛，这是他老婆应该痛的地方。一个月一次，像月亮一样有规律，疼痛支配了他，使他倒下，涂油膏也无济于事。除了白兰地和辣椒末以外没有任何东西——引起肠胃肌肉抽搐。“我送给你三个词，”他说，“鹅在锅里翻转的时候：‘想入非非、水肿、肺结核’。”

“你为什么不坐下来？”吉尔说，“他来月经了。”

坎普尔正躺在一只“二十四首序曲”的唱片套上。“我给你演奏一首快的。”杰勃说着，一下子把小黑盒子的盖子打开，就乒乒乓乓起来。“我要来一个颤音。”他说，连续用他右手的每一个手指迅速敲击键盘中间的白色C调键，棋子、修指甲用具、未付的账单像醉醺醺的投圆片游戏一般发出咔嗒咔嗒的声响。“这就是技术！”他说，他的眼睛是淡灰蓝色的，蒙着白霜。“只有一种东西走得像光一样快,那就是天使。只有天使可以走得像光一样快。到天王星要用一千光年,但是没有人去过那里,也没有人打算去那里。这是一份美国来的星期日报纸。你曾注意过人们怎么读星期日报纸吗?首先是插图栏,然后是滑稽连环漫画栏,然后是体育栏,然后是星期日专栏,然后是剧院新闻,然后是书评,然后是大标题。扼要的重述。个体发生——种系发生。界定你的术语,你就绝不会使用时间、死亡、世界、灵魂一类的词。在每一句陈述中都有一个小错误,而这错误越变越大,直至把一条蛇弄得半死。一首诗歌是唯一没有缺陷的东西,假如你知道现在是什么时间的话。一首诗歌是一张网,诗人按照他自己预见的对数演算,从他自己的身体里织成这张网。这始终是正确的,因为诗人从中心出发,努力向外拓展……"

电话铃响了。

"毕达哥拉斯是对的……牛顿是对的……爱因斯坦是对的……"

"请你接电话!"吉尔说。

"喂!对,我是克朗斯塔特。请问你的名字?宾伯格?听着,你会说英语,不是吗?我也说……什么?是的,我有三套公寓——出租或出售。什么?是的,有一间浴室,一间厨房,还有一个马桶……不,一个正规的马桶。不,不在走廊上——在公寓里面。一个你可以坐在上面的马桶。你喜欢用银箔还是金叶装饰?什么?不,马桶!我这里有一个从慕尼黑来的人,他是一个难民。难民！希特勒！希特勒！明白吗？是的，就是。他胸前有一个十字，蓝颜色的……什么？不，我是认真的。你是认真的吗？什么？听着，如果你是认真的，那就是现金交易……现金！你必须付现金。什么？嗯，这就是这里的办事方式。法国人不相信支票。上星期我碰到一个人想骗我七百五十法郎。是的，一张美国支票。什么？如果你不喜欢那一套，我还有另一套可以给你，是带餐用升降机的。它现在坏了，但是可以装修。什么？噢，大概一千法郎。顶层有一间台球室……什么？不……不……不。这里没有这样的事。听着，宾伯格先生，你得明白，你现在是在法国。是的，就是……如果在罗马……听着，明天早上给我打电话，行吗？我现在在吃饭。吃饭。我在吃饭。什么？是的，现金……再见！”

“你瞧，”他一边挂上电话，一边说，“我们在这所房子里就是这样办事的。马上见效的工作，是吧？不动产。你们这些人都生活在仙境里。你认为文学就是一切。你吃文学，而在这所房子里，我们吃鹅，这是打个比方。是的，现在已经差不多了。安娜！怎么样？还没有好吗？妈的！三个女孩……难民。我不知道她们是哪里人。有人把我们的地址给了她们。好女孩。健壮，丰满，迷人。在德国没有立锥之地。爱因斯坦忙于写关于光的诗歌。这些女孩需要一个工作，一个住的地方。你知道谁需要一个女仆吗？好女孩。她们都受过很好的教育。可是却要她们三人做饭。卞佳，她是其中最棒的一个：她懂得如何熨衣服。那一个，安娜——她昨天借了我的打字机……说她要写一首诗。我不是把你们留在这儿来写诗的,我说。在这所房子里,我写诗——如果有任何诗可写的话。你们学习如何做饭,补袜子。她面带怒色。听着,安娜,我说,你生活在一个想象的世界里。世界不再需要诗歌。世界需要面包和黄油。你能生产更多的面包和黄油吗?那才是世界需要的东西。学习法语吧,你可以帮我管理不动产。是的,人们得有住的地方。有趣吧?不过,这就是世界现在的状况。它总是这个样子,只是人们以前从来不相信。世界是为未来……为天王星造就的,没有人会去天王星,但是那没有关系。人们必须有地方住,有面包、黄油吃。为了未来。过去是这个样子,未来也将是这个样子。现在?没有什么现在。有一个词叫作时间,但是没有人能界定它。有一个过去,有一个未来,时间就像电流一样从中流过。现在是一种想象的状态,一种梦的状态……一种矛盾修饰法。有一个词送给你——我将把它作为礼物送给你。用它来写一首诗吧。我太忙了……不动产很要紧。必须有鹅和越橘调味汁……听着,吉尔,我昨天查的那个词是什么?"

"Omoplate(肩胛骨)?"吉尔很快说。

"不,不是那个。Omo……omo……"

"Omphalos(脐)?"

"不,不。Omo……omo……"

"我知道了,"吉尔叫起来,"Omophagia(生肉)!"

"Omophagia,就是它!你喜欢这个词吗?你把它带走!怎么回事?你没有在喝酒。吉尔,我前几天在餐用升降机中发现的鸡尾酒调酒器究竟在哪里？你能想象吗？——一个鸡尾酒调酒器！总之，你们这些人似乎认为文学是十分必要的东西。它不是。它只是文学。我也能搞文学——如果我没有这些难民要喂养的话。你想知道现在是什么吗？请看窗户那边。不，不是那儿……是上面的那个。*在那里！*每天他们都坐在那儿的桌子旁玩牌——就他们两个人。她总是穿着一件红连衣裙。他总是在洗牌。*那就是现在。*如果你加上另一个词，那就成为虚拟的了……”

“天哪，我要去看一看那些女孩在干什么。”吉尔说。

“不，你看不到！那正是她们在等待着的事情——等你来帮助她们。她们必须认识到这是一个现实世界。我要她们理解这一点。以后我将给她们找工作。我手头有许多工作。首先让她们给我做一顿饭。”

“埃尔莎说一切都准备好了。来吧，让我们到里面去。”

“安娜，安娜，把这些瓶子拿到里面来，放到桌子上！”

安娜无能为力地看着杰勃沃尔。

“你瞧！她们甚至还没有学会说英语。我拿她们怎么办呢？安娜……这里！把它们都拿走！明白了吗？给你自己倒一杯饮料，你这个大傻瓜。”

饭厅的灯光很柔和。桌上有一个枝状大烛台，餐具闪闪发光。正当我们坐下来的时候，电话铃响了。安娜把长长的电话线收拾好，从钢琴那边把电话机拿到克朗斯塔特身后的餐具柜上。“喂！”他喊道，长长的电话线绷直了，就像肠子一样……

“喂！是！是，夫人……我是克朗斯塔特……请问你的名字？是，有一个客厅，一个阁楼，一间厨房，两间卧室，一间浴室，一个马桶……是，夫人……不，这不贵，一点儿也不贵……很容易安排……随你的便，夫人……几点钟？是的……很高兴……怎么？你说什么？啊，不！正相反！我很高兴……非常高兴……再见，夫人！”他啪地挂上电话——吻你的手，夫人！你想要我给你挠背吗，夫人？你咖啡里要加奶吗，夫人？你要……？

“听着，”吉尔说，“那究竟是谁？你对她够讨好的。是，夫人……不，夫人！她还答应给你买杯饮料了吧？”她转身对我们说：“你们能想象吗？昨天在我洗澡的时候，他弄了个演员在这里……巴黎夜总会的一个荡妇……她领他出去，把他给灌醉了……”

“你说得不对，吉尔。是这样的……我领她去看一套温馨的公寓——里面有一个餐用升降机的——她问我要不要给她看看我的诗——用法语说更好听……于是我把她领到这里来，她说要为我用比利时语发表。”

“为什么是比利时语，杰勃？”

“因为她就是那里的人，一个比利时人——或者说一个比利时女人。总之，管它用什么语言发表，这有什么差别呢？总得有人来发表，不然就没有人会读到这些诗了。”

“但是她为什么要那样说——那么性急似的？”

“我怎么知道！我想是因为诗写得好呗。不然为什么人们想要发表呢？”

"骗人的鬼话!"

"你瞧！她不相信我。"

"当然不！如果你把任何女演员，或足尖舞女，或空中飞人演员，或法国任何穿裙子的玩意儿带到这里来，让我抓住，那你就得倒霉。尤其是如果她们提出要发表你的诗歌!"

"你又来了，"杰勃沃尔说，脸色发灰发青，"这就是我之所以要搞房地产的原因……去吃吧，你们这些人……我看着哩。"

他又把一些白兰地和辣椒末搅在一起。

"我想你已经喝够了，"吉尔说，"天啊，你今天喝了多少?"

"有意思，"杰勃沃尔说，"一会儿工夫之前我刚把她摆平了——就在你们来之前——但是我没有办法摆平自己……"

"天啊，那只鹅在哪里呀?"吉尔说，"对不起，我要到里面去看看女孩们在干什么。"

"不，你别去!"杰勃说着，把她按回到座位上。"我们就坐在这里等着……等着看一看发生什么事情。也许鹅永远来不了。我们将坐在这里等候……永远等候……就像这样，有蜡烛，有空的汤盘子，有窗帘……我能够想象我们坐在这里，有一个人在外面正在往一堵包围我们的墙上抹灰泥……我们正坐在这里等待埃尔莎把鹅拿来，时间流逝，天黑下来，我们整天整天坐在这里……看见那些蜡烛了吗？我们将吃它们。看见那边那些花了吗？那也是要吃的。我们将吃椅子，我们将吃餐具柜，我们将吃闹钟，我们将吃猫，我们将吃窗帘，我们将吃账单、银器、墙纸和墙纸底下的臭虫……我们将吃自己的粪便以及吉尔肚子里那个可爱的新胎儿……我们将互相吃……”

就在这时候，皮诺奇尼进来道晚安。她低垂着脑袋，眼里有着一种好奇的神情。

“你今晚怎么回事？”吉尔说，“你看上去忧心忡忡的。”

“哦，我不知道是怎么回事，”小家伙说，“我有事要问你们……它非常复杂。我真的不知道我是否能说出我的意思。”

“是什么，小甜心？”杰勃说，“在太太先生面前把它都说出来。你认识他的，是吧？来，把它倾吐出来！”

小家伙仍然低垂着脑袋。她从眼角里狡猾地望着她的父亲，然后，突然脱口说出：“哦，这一切都是怎么回事？我们究竟为什么在这里？我们必须得有一个世界吗？这是唯一的世界吗？为什么？这就是我想知道的事情。”

如果杰勃沃尔·克朗斯塔特有点儿吃惊的话，他却一点儿也没有流露出来。他若无其事地拿起白兰地，加入一点儿辣椒末，漫不经心地回答：“听着，孩子，在我回答那个问题以前——如果你坚持要我回答那个问题的话——你得先界定你的术语。”

正在这时候，从花园里传来一声又长又尖的哨声。

“莫格利！”克朗斯塔特说，“让他上来。”

“上来！”吉尔走到窗户边说。

没人答应。

“他一定走了，”吉尔说，“我再没有见到他。”

现在传上来一个女人的声音。“他醉了……完全醉了。”

“带他回家！让她带他回家！”克朗斯塔特喊道。

“我丈夫说他必须回你们家……是，回你们家。”

“没那回事！”声音从花园里传上来。

“让她别把我那本庞德的《诗章》弄丢了，”克朗斯塔特喊道，“不要再请他们上来……我们这儿没有地方了。只够德国难民的空间。”

“这是一种耻辱。”吉尔说着，回到桌边。

“你又错了，”杰勃说，“这对他非常合适。”

“哦，你醉了，”吉尔说，“那只该死的鹅究竟在哪里？埃尔莎！埃尔莎！”

“不用担心那只鹅，亲爱的！这是一场游戏。我们将坐在这里，比她们长久。规则是明天有果酱，昨天有果酱——但是今天绝没有果酱……如果你们这些人就像你这样坐在这里，而我则开始越变越小……直至成为极小极小的一点……以至于你必须用望远镜看我，这不是很奇妙吗？我将成为桌布上的一个小点，我将说——提莫尔……提—莫尔！你会说，他在哪里？我会说——提莫尔，文字游戏，磷酸甘油，比扬库尔，提—莫尔……哦，廷巴斯废话，踩布劳基施刹车……你会说……”

“天哪，杰勃，你醉了！”吉尔说，杰勃沃尔快活得满脸发光，他的金链抖动得吧嗒吧嗒响。

“他马上会着凉的。”吉尔说着，起来找西班牙披肩。

“说得对。”杰勃说。“无论她说什么都是对的。你认为我是一个非常乖戾的人。你，”他转过身来对我说，“你和你的蒙古语动词,你的及物动词和不及物动词,你没看见我是一个多么友善的人吗?你一直在谈论中国……这就是中国,你不明白吗?这……这什么?给我披肩,吉尔,我很冷。这是一种可怕的寒冷……冰川下的寒冷。你们这些人很暖和,可我在结冰。我能感觉到冰盖又在降临。一个事实。一切都在拼命滚过来,美元在下跌,房子被出租,难民都得到庇护,钢琴被调准音,账单已付清,鹅已烧好,我们在等什么呢?等下一个冰河时代!它明天早晨就到来。你将走到窗户那边,一切都将冻得结结实实的。不再有问题,不再有历史,不再一无所有。全解决了。我们将像这样坐在这里等候安娜把鹅拿来,突然间冰会滚到我们身上。我已经可以感受到那种可怕的寒冷,面包全成了冰柱,黄油收缩,鹅瞪大了眼睛,墙壁白得可怕。而那个小天使,吉尔肚子里的那个快活的新胚胎,将会冻结在子宫里,一种蛋白状的傻样,长着冰冷的翅膀和蜗牛的嘴唇。唧,唧,一切都将静悄悄的。说些暖和的话!我的腿冻住了。希罗多德说,凤凰在其父死后,将尸体泡在一只没药制成的蛋内,五百年左右一次,将泡在没药中的小蛋从阿拉伯沙漠运送到赫利奥波利斯的太阳神庙。你喜欢那样吗?按照普林尼的说法,一次只有一只蛋,当这种鸟发觉自己的末日临近时,就用肉桂枝和乳香筑一个巢,然后死在巢里。从巢内的尸体中诞生出一条小虫,它后来就变成凤凰。因而贝努鸟是复活的象征。那怎么样?我需要更热的东西。这是另外一个……保加利亚的渡火者被称作尼斯汀迦尔。在 5 月 21 日的圣海伦娜和圣康斯坦丁的节日里，他们在火中跳舞。他们在又红又烫的余烬中跳着跳着，直跳到脸色发青，然后他们就说出了预言。”

“我一点儿也不喜欢那个。”吉尔说。

“我也不喜欢，”杰勃说，“我喜欢关于小精灵虫从巢里飞出来复活的那个故事。吉尔肚子里也有一个……它很快地生长、生长。无法阻止它。昨天它是一条小蝌蚪，明天将是一棵忍冬藤，还说不上来它将成为什么……无法说出最终会怎么样。它每天都在巢中死去，第二天又再生。把你的耳朵凑到她肚子上去……你会听到它翅膀的飕飕声。飕飕……飕飕。没有发动机。妙极了！她肚子里有上百万，它们都在那里面飕飕地飞来飞去，拼命要跑出来。飕飕……飕飕。只要你插一根针在里面，在那大肚皮上扎个洞，它们就全都飕飕地跑出来……想象一下……一团云一般的精灵虫……上百万精灵虫……这一群密密麻麻的精灵虫，弄得我们都看不见彼此了……一个事实！没必要写中国的事。写那个！写你肚子里的东西……伟大的螺旋形脊椎结构……游动孢子和白细胞……瓦姆罗思和霍伦林登……每一个人都是一首诗。水母也是一首诗——最美好的一类诗。你戳戳它这儿，戳戳它那儿，它滑行，厚墩墩，不规则，凝固，它有结肠与肠子，它是蠕虫状的，无所不在。莫格利在花园里吹哨要租金，他也是一首诗，一首有大耳朵的诗，一首令人恶心的政治改良者的诗。他有着环行的、耳状的错综复杂，知更鸟胸那样圆的褶裥饰边，展开像一个敞篷的四轮四座马车。他摇摇晃晃，走在点点苍穹下……他摇摇晃晃，脑中掠过他最讨厌的人……莫格利……奥格利……惠斯特和香肠……”

“他神志不清了。”吉尔说。

“又错了,”杰勃说,“我刚发现了我的神志,只不过它是一种不同于你的想象的神志。你认为一首诗必须有东西覆盖在它周围。一旦你写了一件事情,这首诗就停止了。诗是你无法界说的现在。你体验它。任何东西,只要其中有时间,它就是一首诗。你写诗不必乘渡船或去中国。我体验过的最美好的诗是厨房里的一个水池。我曾经告诉过你吧?有两个龙头,一个叫‘冷’,一个叫‘热’。‘冷’通过接在口上的一根橡皮管经历了全部生活。‘热’欢快而有节制。‘热’总是滴水,就好像得了淋病。在星期二和星期五,它到清真寺去,那里有一个给患了性病的龙头治病的诊所。星期二、星期五‘冷’不得不做全部工作。它是个瞎忙活的家伙。这就是它的整个世界。而‘热’则必须受到宠爱,得哄着它。你得说‘不要这么快’,要不它就把你的皮烫掉。偶尔这‘冷’和‘热’也搞合作,但那是很少有的事。星期六夜里,当我在水池边洗脚的时候,开始想,这一对宝贝统治的世界有多么完美。没有任何东西能赛过这个有两个水龙头的铁水池。没有开端,没有结束。阿尔法‘热’和欧米迦‘冷’。永恒。主宰生与死的双子座。阿尔法‘热’以华氏和列氏的各种温度流出来,流过磁铁屑和彗星的尾巴,经过莫纳罗亚火山的沸腾大锅,进入第三纪冷冰冰的月光之中;欧米迦‘冷’流出来,经墨西哥湾流进入马尾藻海的沼泽般海底,流经有袋动物和有孔虫,流经作为哺乳动物的鲸鱼和极地裂缝,流经岛屿的天地,流经死亡的阴极,流经死骨和干腐,流经未成形、未触动、看不见、未诞生和永远消失的世界的滤泡和触角。阿尔法'热'滴滴答答;欧米迦'冷'不停工作。手、脚、头发、脸、盘子、蔬菜、鱼全洗得干干净净,无影无踪;绝望、厌恶、仇恨、爱、忌妒、罪恶……滴滴答答。我,杰勃沃尔,和妻子吉尔,在我们身后还有大批大批的人……都站在铁水池边上。种子顺排水管落下:嫩甜瓜、南瓜、鱼子酱、通心粉、胆汁、唾沫、痰、莴苣叶、沙丁鱼骨头、伍斯特沙司、走味的啤酒、尿、血块、克鲁申盐、燕麦片、咀嚼烟草、花粉、灰尘、脂肪、羊毛、棉纱线、火柴棍、活虫子、碎麦、煮沸的牛奶、蓖麻油。废料的种子永远离去,永远在一定剂量的一种纯净的奇异化学物质中回来,这化学物质没有名称,不能分类,不能标明为何物,不能分析,不能提取,不能划分。永远作为'冷'和'热'回来,就像一条颠扑不破的真理。你可以要它热,也可以要它冷,还可以要它温和。你可以洗脚或漱口;你可以把肥皂水从眼睛里冲掉,或把沙子从莴苣叶里涮掉;你可以给新生的婴儿洗澡,或者擦洗死人的僵硬四肢;你可以泡面包做煎饼或者稀释你的酒。所有的事情。万应灵药。我,杰勃沃尔,尝着生与死的万应灵药。我,杰勃沃尔,由废料和 H_2O 构成,由热、冷以及所有中间领域构成,由渣滓和外皮,由从不消灭的最细最小的物质,由大骨缝和密质骨,由冰缝和试管,由融合、溶解、散布的精液和卵细胞,由橡皮嘴和铜制龙头,由死亡的阴极和蠕动的纤毛虫,由莴苣叶和瓶装的阳光……构成。我，杰勃沃尔，坐在铁水池旁边，困惑不解而又兴高采烈，完完全全是一首诗，一个铁的诗节，一个沸腾的滤泡，一个消失的白细胞。那个铁水池，在那里我吐出我的心，洗我柔软的脚丫，抱住我的第一个孩子，洗我疼痛的牙龈，像菱纹背水龟般歌唱，我现在正唱着，将永远唱下去，尽管排水管会堵塞，龙头会生锈，尽管时间流逝，我总在那里，在那由现在、过去、未来构成的水池旁。唱吧，'冷'，唱及物动词！唱吧，'热'，唱不及物动词！唱阿尔法和欧米迦！唱哈利路亚！大声唱，哦，下沉[①]！唱吧，直至世界下沉……"

他响亮而清晰地唱着，我们把他放在床上，他就像一只患病而即将死亡的天鹅。

---

① 英语中"下沉"和上文的"水池"是同一个词 sink，只不过一个是动词，一个是名词，这里作者玩了一种文字游戏。

进入夜生活……

一个精神上的康尼岛。

十字架的影子映在床脚上。有链子把我绑在床上。链子丁零当啷发出很响的声音,锚正抛下去。突然我感到有一只手放在我肩膀上。有个人正在拼命摇我。我朝上看,是一个穿着肮脏晨服的老妖婆。她走到梳妆台跟前,打开抽屉,把一支左轮手枪放好。

有三间房间,一间挨一间,像火车车厢式公寓单元。我躺在中间的那一间里,那里有一个胡桃木书柜和一张梳妆台。那老妖婆脱下晨衣,穿着衬衣站在镜子前。她手里拿着个小粉扑,她用这小粉扑抹她的腋窝、她的胸脯、她的大腿。整段时间里她都像个白痴似的哭泣。最后她拿着一个喷雾器走到我跟前,朝我喷出一股细细的雾。我注意到她的头发里全是耗子。

我注视着老妖婆走来走去。她似乎精神恍惚。站在梳妆台前时，她机械地把抽屉一个接一个打开又关上。她似乎忘记了她要到那里去取的东西。她又拾起粉扑，用粉扑在她腋窝底下抹了一点儿粉。在梳妆台上有一块小银表，系在一长截黑带子上。她扯开衬衣，把表挂到脖子上，它正好垂到阴部三角区。传来一阵模糊的嘀嗒声，然后银子变黑了。

隔壁房间是客厅，所有的亲戚都聚集在那里。他们围坐成一个半圆形，等着我进去。他们直挺挺地坐着，装饰得像椅子一样。他们下巴上没有肉赘和粉瘤，却长出了马鬃。

我穿着睡衣从床上蹦起来，跳起了柯柴王之舞。我穿着睡衣跳舞，头顶上有一把阳伞。他们没有一丝笑容，面颊上连一丝折痕都没有地望着我。我为他们倒立着走路，我翻筋斗，我把手指放在上下牙之间，吹哨声像乌鸫的叫唤。没有一点点赞成或不赞成的咕哝。他们庄严地、冷静地坐在那里。最后，我开始像公牛般喷鼻息，然后像仙女般神气活现地走路，然后像孔雀般大摇大摆地行走，然后意识到自己没有尾巴，我停下了。剩下来唯一要做的事情，是以闪电的速度通读《古兰经》，然后是天气预报、《古舟子咏》，以及《民数记》。

突然，老妖婆一丝不挂地跳着舞进来，双手燃烧着火焰。她刚把伞架击倒，这地方便立即一片喧嚣。从向上翻起的伞架上，不断涌出一股以闪电速度扭动前进的眼镜蛇流。它们缠绕桌腿，把汤碗带走；它们爬进梳妆台，挤住了抽屉；它们从墙壁上的画上面，从窗帘的环里面，从褥垫里面蠕动过去；它们盘到女人的帽子里面，始终像蒸汽锅炉似的嗞嗞作响。

我让两条眼镜蛇缠绕在我胳膊上，眼里带着凶光去找老妖婆。从她嘴里、眼睛里、头发里，甚至生殖器里，眼镜蛇正涌窜出来，始终带着那种蒸汽般的嗞嗞声，好像它们刚从沸腾的火山口喷出来。在我们被锁着的房间中展现出一座巨大的森林。我们站在眼镜蛇的巢里，我们的身体全给毁了。

我在一个陌生的、狭窄的小房间里，躺在一张高床上。我的胁部有一个大洞，一个干干净净的洞，没有出现一点血。我不再能说出我是谁，我从哪儿来，或者我是怎么到这里来的。房间很小，我的床紧靠着房门。我有一种感觉：某个人正站在门槛那里监视我。我吓得一动也不敢动。

当我抬起眼睛时，我看见一个人站在门槛边上。他戴一顶灰色的圆顶礼帽，帽子歪在他脑袋的一边；他有着线条平滑的唇须，穿一身方格子西服。他问我的姓名、住址、职业，我在干什么，我打算去哪里，等等。他问了无数刨根问底的问题，我都无法回答，首先因为我失去了舌头，其次因为我不再能记得我说什么语言。“你为什么不说话?”他说着，嘲弄地朝我弯下腰来。他拿起他的轻便藤杖，在我胁部戳了一个窟窿。我的痛苦如此之大，以致我似乎不得不说话了，尽管我没有舌头，尽管我不知道我是谁，我从哪里来。我试着用双手把我的嘴巴拧开，但是牙关紧锁。我的下巴像干泥巴一样碎裂了，牙床骨露了出来。“说!”他说，带着那种残酷的嘲笑，他又拿起他的手杖，在我的胁部又戳了一个窟窿。

我醒着躺在阴冷黑暗的房间里。床铺现在已几乎触到了天花板。我听到列车的隆隆声，列车在结了冰的高架桥上发出有规律节奏的颠簸声，火车头短促的窒息了一般的喷气声，就好像空气已被霜冻搞得七零八落。我的手里握着从我下巴上碎裂下来的干泥巴。我的牙关锁得格外紧；我透过肋部的窟窿呼吸。从我躺在其中的那间房间的窗户上，我可以看见蒙特利尔的桥。火花正被迷眼的暴风雪驱赶着，从桥的大梁上飞下来。列车正以一圈一圈的火环，从冰冻的河上飞驰而过。我可以看见卖馅饼和汉堡包的商店沿着引桥发出亮光。突然，我真的记起了什么。我记得，正当我要越过边境的时候，他们问我有什么要声明的，我像白痴似的回答："我要声明，我是人类的叛徒。"我现在清楚地记得，这事发生在我正要走上一个穿灯笼裙的女人身后的踏板时。我们周围都是镜子，镜子上面是板条钉成的栏杆，一组又一组板条，一条覆一条，已经翘起，摇摇欲坠，像梦魇一样疯狂。在远处，我可以看见蒙特利尔的桥，桥下是冰块，列车正从上面飞驰而过。我现在记得，女人回过头看我时，她肩膀上有一个脑壳，在没有肉的额头上写着蜥蜴般冷酷无情的"性"字。我看见眼皮掉落在她的眼睛上，然后是那无底的瞎窟窿。当我从她身边逃走时，我试图读出在我身旁飞驰而过的一辆汽车车身上写的东西，但是我只看见了车的尾部，它没有任何意义。

在布鲁克林大桥站，我像往常一样站着等候电车转过弯来。在傍晚的炎热中，纽约市就像一只把身上的杜鹃花抖掉的巨大北极熊一般升腾起来。它的形状摇曳不定，毒气呛得大梁透不过气来，烟尘像护身符一般舞动。从杂乱无章的建筑物里涌出一大堆软乎乎、热烘烘的身体，同裤子、裙子粘在一块儿。潮水冲刷到弯曲的轨道前面，像玻璃珠似的分散开。在湿漉漉的大标题之下是爬到踏板上的阿米巴虫的精致小腿，裹在玻璃纸里健壮、结实的网球腿，它们的白色脉络透过金色小腿与乳白色肌肉显现出来。纽约市正气喘吁吁，出着五点钟的大汗。从摩天大楼顶上冒出的烟雾，柔软得像克利奥帕特拉①的羽毛。空气震动得厉害，蝙蝠振翅飞翔，水泥变软，铁轨在电车的宽轮缘下变得更平。生活是以十二英尺高的大字标题写下来的，有句号、逗号、分号。大桥在底下的汽油池上晃动。甜瓜从因皮里尔河谷滚来，垃圾经过狱门桥，甲板上干干净净，柱子锃亮发光，粗缆绷得紧紧的，船台发出咕咕的声响，苔藓在轮渡引道上裂成一片片的。一团闷热的烟雾像一杯脂肪笼罩在城市上空，汗水在赤裸的大腿间，在细细的踝骨周围滴下来。一大堆黏糊糊的胳膊和腿、半月形和风向标、知更鸟和圆形签名书、羽毛球和颜色鲜艳的香蕉，钟状的香蕉皮里有少量柠檬。时钟敲响五点，钟声穿过尘垢和下午的汗水，大铁梁留下一道明亮的影子。有轨电车挺着钢铁的下颌飞快旋转，把人群挤压成纸型，像穿孔的车票一样串在一起。

我坐下时，看见一个我认识的人站在乘客平台后部，手里拿着一张报纸。他的草帽斜戴在后脑勺上，手臂靠在电车司机

---

① 克利奥帕特拉（公元前69—前30）：埃及女王。

的铜刹车柄上。在他耳朵背后,电缆网像钢琴的内部结构一般伸展开去。他的草帽正好同钱伯斯街在一个水平面上;它就像海湾上一只切成片的鸡蛋摆在绿色的菠菜上。我听见齿轮在滑向电车司机的粗大脚趾尖。电线在嗡嗡作响,大桥在欢乐地呻吟。我面前的座位上有两个鼓出来的橡皮头,就像钢琴上的两个黑键。大概有橡皮擦那样大小,但是不像手杖把那样是圆形的。两个防止触电的橡胶装置。橡皮榔头落在橡皮脑壳上的沉闷声响。

农村是荒凉的。没有温暖,没有舒适,没有摩肩接踵,没有稠密的人口,没有混浊,没有分子,没有分母。这就像读给站在衣帽架旁边,手里拿着一片棕榈叶的聋哑人听的一份晚报。在这整片焦干的土地上,没有一点点人的手留下的痕迹,也没有人的眼睛,没有人的声音。只有用白垩写下的大字标题,雨水已把它冲刷得差不多了。只是坐在电车上的一次短途旅行,而我却在满是荆棘与仙人掌的沙漠里。

在沙漠当中有一间浴室,浴室中有一匹木马,木马底下横放着一把圆木锯。在锌面桌旁站着一个我曾经认识的女人,她正从布满蜘蛛网的窗户里向外张望。她站在沙漠中间,就像一块樟脑构成的岩石。她的身体有悲哀的强烈芬芳,白色的芬芳。她像一尊说着再见的塑像一样站着,她站着,头和肩都高出于我,她的屁股大得很突然,完全不成比例。一切都不成比例——手、脚、大腿、踝骨。她是一尊没有马的骑马者雕像,一座磨损成大蛋的肉山。从肉的舞厅里出来,她的身体像铁一样歌唱。我梦中的姑娘，你制造了一个多么好的笼子啊！只是你那三趾的栖息地在哪里？就是在铜栏杆之间来回晃动的小小栖木吗？你站在窗户边，像金丝雀一样发呆，你的脚趾僵硬，你的利嘴发青。你有着切肉大菜刀画出来的线条般的轮廓。你的嘴是一个塞满了莴苣叶的火山口。我何曾梦想到，你会是如此温暖，如此不平衡？让我看一眼你可爱的豺狼爪子，让我听一听你干巴巴呼吸的沙哑声和阴沉的笑声。

透过蜘蛛网，我注视着灵敏的蟋蟀，渗着奶汁和白垩的仙人掌那叶子般茂密的长刺，鞍囊空空如也的骑手，像骆驼一样在马背上隆起的马鞍前桥。我故乡的干燥沙漠，她的百姓灰不溜秋，憔悴不堪。他们的脊柱扭曲，他们的脚上有带齿轮的踢马刺。在仙人掌花的上方，城市颠倒悬挂着，她那憔悴不堪、灰不溜秋的百姓用装有踢马刺的靴子搔挠着天空。我抓住她膨胀的轮廓，她的石头棱角，结实的石板墓乳房，分趾蹄，羽毛状的尾巴。在金沙紧紧环绕的分水岭下被卡住的峡谷泡沫中，我紧紧抓住她，这期间时间在流逝。在汹涌澎湃、使人目眩的巨大痛苦中，沙子慢慢注满了我的骨头。

一把生锈的钝剪刀放在我们旁边的锌面桌子上。她举起的手臂被蜘蛛网缠在她的一侧。她手臂僵硬的老一套动作就像白天结束时沉闷沙哑的尖叫，捆绑我们的绳子是金属的，坚硬结实。我的太阳穴直冒汗水，在那里凝结成块，并且滴滴答答地滴下来，像钟走的声音一般。钟正随着神经质的金属丝般的汗水走完发条。生了锈的剪刀在中间慢慢剪开。我的神经沿着梳子的齿飞奔，我的踢马刺直立着，血管灼热。一切痛苦都像这样隐隐作痛并且可以忍受吗？沿着剪刀的刀锋，我感到白天结束时生锈的钝痛，得到满足的饥饿，机器人怀抱里的洁净空间和满天繁星。

我站在沙漠中等火车。在我心中有一座小小的玻璃钟，钟的下方有一朵雪绒花。我的一切心事全没有了。甚至在冰下我也感觉到大地在夜间准备好了鲜花的开放。

靠在豪华的皮椅里，我有一种模糊的感觉：我正在一条德国铁路线上旅行。我坐在窗户旁读一本书，发觉有人正越过我的肩头读我的书。这是我自己的书，其中有一段话使我困惑。我无法理解这些话。在达姆施塔特我们下车待了一会儿，等候换车头。玻璃棚升起在由黑色带状大梁支撑的中间广场上。玻璃棚的简朴跟我的书的模样几乎差不多——当书摊开在我的腿上，书脊透印的时候。在我心中，我可以感觉到雪绒花在开放。

夜间在德国，当你在站台上走来走去的时候，总会有某个人对你解释各种事情。圆脑袋和长脑袋都聚在一团雾气中，所有的轮子都被拆下又装起来。这种语言的声音似乎比其他语言更具有渗透性，好像它是大脑的食物，有内容，有营养，刺激食欲。黏性的分子跑出来，慢慢散开，一直到好几个月以后，就像一个吸烟者，在喝了一口水之后，还从鼻孔里呼出一道细细的烟气。“好”是所有词中维持最长久的一个词。“这很好！”有人在说。他的“好”在我肠子里咕咕作响，就像一只肥大的野鸡。无疑，什么事也比不上坐夜车旅行，这时候所有居民都睡着了，可以从他们张开的嘴里排出少量油腻多汁的没有说出的语言。在每一个人睡觉的时候，脑子里都挤满了各种事情；脑子在一大堆东西中旅行，就像夏天里被火车吸住的苍蝇一般。

突然我到了海岸边，对火车的回忆从未停止，甚至记忆犹新，就像一颗彗星在大洋岸边扫过。

一切都污秽、劣质，像纸牌一样薄。一个精神上的康尼岛。娱乐室生意兴隆，架子上摆满瓷器、塞着稻草的洋娃娃、闹钟和痰盂。每一家店上面都有三颗球，每一种比赛都是球类比赛。犹太人穿着雨衣到处走，日本人笑眯眯的，空气中充满洋葱末和嗞嗞响的汉堡包味。吱吱喳喳，吱吱喳喳，在这一切声音之上，激浪不断发出的嗞嗞声和隆隆声以一种压抑的咆哮传来，一种不间断的带鼻音的长喘，把黏糊糊的黏膜炎从肮脏的棚屋顶上传播开去。在纸板的海滨人行道背后，激浪正以闪闪发光的银牙犁着黑夜；蛤蜊仰天躺着，从肛门里喷出臭氧。在海洋般无边无际的黑夜中，越野赛马看上去就像灰白的胡子。一切都在滑行、崩溃，一切都在闪闪发光，摇摇欲坠，晃晃悠悠，嗤嗤傻笑。

温暖的夏日在哪里？那时候我第一次看见铺满绿色地毯的地球在旋转，男男女女像豹子般奔跑。发出柔和汩汩声的音乐在哪里？我曾听见从大地生气勃发的根基中涌出那种音乐。如果到处都有活板门和龇牙咧嘴的骷髅，世界里朝外翻了个个儿，所有的肉都被剥了皮，那我该去哪里？如果除了胡子、雨衣、小哨子、破板条以外什么也没有,那我该把我的脑袋往哪里放呢?我该永远沿着这条无尽的纸板街走下去吗?这种纸板我可以在上面打孔,可以用我的呼吸把它吹倒,可以用一根火柴将它点着。世界变成了一个由一伙木匠在夜间建立的神秘迷宫。一切都是谎言、赝品、纸板。

我沿着海滨人行道走。沙滩上点缀着蛤蜊,等待着某个人来把它们的壳撬开。在喧闹与嘈杂声中,无人留意它们苦恼的抱怨。激浪劈头盖脸打在它们身上,光线使它们发昏,潮水将它们淹没。它们躺在纸板街的后面,在漆黑的夜晚,倾听着汉堡包的嗞嗞声。吱吱喳喳,吱吱喳喳,打喷嚏和喘息,球顺着平滑的长槽滚入小洞内,洞内满是小古玩、瓷器、痰盂、花盆、填制的洋娃娃。油腻腻的日本人用湿布擦橡胶植物,亚美尼亚人把洋葱剁成细末,马其顿人用糖蜜手臂扔出套索。每一个穿雨衣的男人、女人、小孩都腺状肿大,传播黏膜炎、糖尿病、百日咳、脑膜炎。一切直立的东西,一切滑行、滚动、翻腾、旋转、发射、不稳、摇晃、碎裂的东西都是由螺帽和螺栓构成的。精神的君主是一把活动扳手。纸板的绝对权力。

蛤蜊睡着了,星辰熄灭。由水构成的一切现在在鬣狗的带盖口袋里打瞌睡。清晨来临,像玻璃屋顶罩住了世界。玻璃般的海洋在深处晃动,一种安静、透明的睡眠。

这既不是黑夜也不是白昼。这是以信天翁翅膀短促急速地摆动来旅行的黎明。传入我耳中的声音发闷,受到东西的阻挡,就好像人的劳动正在水下进行。我感觉潮水在退去,毫不畏惧被吞没;我听到波浪四溅,毫不畏惧淹没。我走在世界的残骸与碎片中,但我的脚却没有青肿。天空无限,水陆不分。我两脚滑动着经过水闸和洞口。我什么也闻不到,什么也听不见,什么也看不着,什么也感觉不了。无论是仰着还是趴着,无论是像螃蟹般横行,还是像鸟一样盘旋,一切都是柔和而没有差别的极乐。

普利茅斯的白垩气息引起地壳上升;她的龙尾末端钩住了断裂的大陆。无法形容的褐色大地和绿头发的人,在柔和的乳白色中再创造的古老形象。在非人类的安静中最后一次摆动尾巴;对希望、绝望或忧郁全然无动于衷。褐色大地和绿色氧化物不属于空气、天空、视觉或触觉。白垩悬崖的宁静与庄严,它的遥远的、无形的安宁,蒸馏出一种毒药,一种有毒的、死亡的邪恶气息,像龙尾末端一样悬在大地上空。我感觉到抓住岩石的无形爪子。大地沉重下陷的绿色不是青草的绿色或希望的绿色,而是黏液的绿色,不正当的、战无不胜的勇气的绿色。我感觉到烈士的褐色头巾,他们乱蓬蓬的头发,他们藏在粗布衣服里的利爪,他们仇恨、厌倦、空虚的褐色鬈发。我对地球尽头的这片土地有一种极大的向往,这一片像晒太阳的短吻鳄一般的不规则土地。她眨动着眼睛,从沉重的、性冷淡的眼皮上散发出一种欺骗性的有毒宁静。她张大的嘴像想象力一般开放。就好像海和海中淹死的所有人,他们的尸骨,他们的希望,他们的梦中大厦,构成了那块白色的混合物。这白色混合物便是英格兰。

我的思绪徒然搜寻某种比任何记忆更古老的记忆，搜寻镌刻在埋于山底的石匾上的神话。在高架结构下，橱窗里满是馅饼和汉堡包，铁轨突然转弯，古老的感觉，古老的记忆，又一次侵入我心头。船坞与码头上应该有的一切，烟囱、起重机、活塞、轮子、桥梁、铁路枕木应该有的一切，一切用来旅行和促进食欲的设备装置全都像盲目的机械一般重复出现。当我来到十字路口的时候，活生生的街道像一张地图一般铺开，点缀着遮阳篷和酒店。中午的酷热使地图上了釉的表面起了裂缝。街道变形，发出噼噼啪啪的声响。

一颗生锈的星星标明过去的界限，在这里冒出拥挤而杂乱的一群尖利的三角形建筑物，张着黑嘴，露出断牙。有碘酒和乙醚、甲醛和氨、新制成的锡和湿的铁模子的味道。建筑物在下陷，屋顶碎裂、坍塌。空气如此沉重，如此辛辣，如此令人窒息，以至于建筑物不再能保持直立。入口下陷到街面以下。周围环境中有某种像青蛙一般呱呱直叫的东西。一种阴湿有毒的蒸汽包围着附近地区，就好像地基下面是一片沼泽地。

当我抵达父亲家里的时候，我发现他站在窗边刮胡子，或者说得更确切些，不是刮胡子，而是在磨剃刀。他以前从未使我失望过，但现在在我困难的时候他却听而不闻。我现在注意到他正使用的锈刀片。早上我喝咖啡的时候，总看到他明晃晃的刀片，明晃晃的德国钢反衬着光滑而发暗的磨刀皮革，肥皂泡沫像奶油一般溅到我的咖啡里，窗台上的积雪给他的话围上了一条毡子。现在刀片失去了光泽，雪变成了雪泥；窗格子上钻石般的凝霜变成稀黄油滴下来，散发着癞蛤蟆与沼气的臭味。“给我把大蛆虫拿来，”他求我，“我们将犁小鱼。”我可怜而绝望的父亲。我用一无所有的双手抓住一张破桌子。

寒风凛冽的夜晚。一个婊子低着头缓缓地走近我，挽起我的胳膊，领我来到一家门框上有一块蓝色搪瓷招牌的旅馆。上楼来到房间里，我好好打量了她一眼。她年轻健壮，最妙的是，她很无知。她连一个国王的名字都不知道。她甚至不说她自己的语言。无论我给她讲什么，她都将其像热乎乎的肥油一般吞没。她将肥油涂满身子。整个过程就是一个取暖的过程，一个穿上油脂大衣过冬的过程，她就是这样以她简单的方式向我解释的。在她从我骨髓里抽取了所有油脂的时候，她揭开床罩，以最令人吃惊的轻快动作，开始作梯形的飞行。房间就像蜂鸟的鸟窝。她像干果仁一样赤裸裸的，将自己卷成一个球，她的脑袋缩在两个乳房之间，两条胳膊压在两腿分叉处。她看上去就像一颗将要发芽的绿色豌豆。

突然我听到她以那种愚蠢的美国方式说：“瞧，我能干这个，但是我不能干*那个*！”她说干就干。干什么？嘿，她开始拍动下身，就像一只蜂鸟。她有一个毛茸茸的小脑袋，长着两只真诚的狗眼睛。在巴拉丁鲜花盛开的时候，这就像一幅魔鬼的图画。它的不谐调捶打着我。我坐在杵锤下。每次我看一眼她的脸，我都看见一道铁口子，口子后面有一个戴铁面罩的人在向我眨眼。一种令人恐怖的玩笑，因为他是用一只瞎眼睛眨眼，一只眼泪汪汪的瞎眼，有变成白内障的危险。

要不是她的胳膊、大腿都纠缠在一起，要不是她是一条被面罩所窒息、滑溜溜盘绕的蛇，那我就可以发誓，她就是我老婆艾伯塔，或者，如果不是我老婆艾伯塔，那就是另一个老婆，尽管我认为这是艾伯塔。我以为我始终知道艾伯塔的裂缝，但是两腿间夹着一个面罩，还拧成一个结，一道裂缝像另一道裂缝一样好，在每一个阴沟上面都有一道格栅，在每一个豆荚里都有一颗豌豆，在每一道口子后面都有一个戴铁面罩的人。

我坐在铁床架旁边的椅子上，裤子背带从肩上取了下来，一把杵锤捣在我的脑壳顶上，这时我开始梦见我认识的女人们。这些女人故意弄裂她们的骨盆，为的是好让医生用一只戴橡皮手套的手指插到她们里面，并用药签敷药于她们的会阴的裂口上。这些女人的隔膜如此之薄，以至于针的刮擦声听起来就好像她们下垂的膀胱里有尼亚加拉大瀑布。这些女人按钟点坐着，把子宫的里面翻出来，为的是用一根织补针来扎它。狗一样的怪女人，长着毛茸茸的脑袋，总是在不适当的地方藏着一只闹钟或拼板玩具；就在不适当的时刻，闹钟响了；就在天空放射着罗马焰火筒的奇光异彩，从雨点似的火花中出现了螃蟹与星鱼的时候，万无一失地总会有一把断锯子，电线啪的一声折断，穿过手指的钉子，因出汗而霉烂的女人紧身胸衣。穿着硬领服装的狗脸怪女人，嘴唇下垂，眼睛抽动。巴拉丁来的魔鬼舞者都有丰满的屁股，门总是开成一道缝，应该放伞架的地方放着一只痰盂。赛璐珞制成的运动员从煤气灯上穿过的时候，像乒乓球一样爆裂。奇怪的女人——我始终坐在铁床架旁边的椅子上。她们有如此灵巧的手指,以致锤子总是落在我脑壳的正中心,使接头脱胶。头盖骨就像冒着蒸汽的橱窗里的汉堡牛排。

穿过旅馆大厅时,我看见一群人聚集在酒吧间。我走进去,突然听到一个小孩痛苦地号叫。小孩正站在人群中的一张桌子上。这是一个女孩,脑袋侧面,就在太阳穴上,有一道裂口。鲜血正从太阳穴里往外冒着泡。这只是泡——没有血从她的脸侧淌下来。每次她太阳穴上的裂缝张开,我就看见有什么东西在里面动。看上去好像有只鸡在里面。我仔细一看,这回我看清楚了。是一只杜鹃!人们大笑。同时,这孩子在痛苦地号叫。

在接待室,我听到病人咳嗽,蹭他们的脚;我听到一本杂志合上的声音,以及外面石子路上牛奶车的隆隆声。我老婆正坐在一张白凳子上,小孩的脑袋顶着我的胸部。她太阳穴上的伤口颤动着,就好像是脉搏对着我的心脏跳动。外科医生穿着白大褂;他走来走去,吞云吐雾地抽着烟。他不时在窗口停下来,看一看天气如何。最后,他洗了手,戴上橡皮手套。他手上戴着消毒手套,在器具底下点着火,然后他心不在焉地看看表,用手指抚摸放在书桌上的账单。小孩现在在呻吟;她的整个身子都痛苦地扭歪了。我把她的胳膊、大腿固定住。我等待着器具煮好。

最后,外科医生准备好了。他坐在一张小凳子上,挑了一根长长的精密器具,上面有一个灼热的红点。他连一句警告的话也没说，就把器具插进了张开的伤口。小孩发出一声令人毛骨悚然的尖叫，我老婆当场瘫倒在地板上。“不要管她！”冷静自若的外科大夫说着，用脚把她的身体蹬到一边。“现在抱紧了！”他用最残酷的器具蘸到煮得滚开的抗菌剂里，然后将刀片插进太阳穴里，让它停留在那里，直到伤口烧了起来。然后，以同样快得可怕的速度，他突然抽出器具，器具上的圆孔眼里连着一根长长的白线，它渐渐变成红法兰绒，然后变成口香糖，然后变成爆米花，最后变成锯末。当最后一片锯末飞出来的时候，伤口干干净净地合拢，长结实，连一点点疤痕都没有留下。小孩宁静地微笑着，向上望着我，然后从我怀里溜下来，稳步走到房间角落里，在那儿坐下，玩了起来。

“太棒了！”医生说，“实在是太棒了！”

“啊，就是，嗯？”我尖叫。我像疯子一般跳起来，将他从凳子上击倒，用我的膝盖扎扎实实地顶住他的胸口。我顺手操起离我最近的那把器具，开始凿他。我像个恶魔似的干着。我抠出他的眼睛，扎破他的耳膜，切开他的舌头，拧断他的气管，削平他的鼻子。我把他的衣服扯掉，烫他的胸口，直到它冒烟，在肉还没有烫熟、因滚烫的烙铁而颤抖的时候，我就把外层皮肉卷到一边，将硝酸倒到里面去——直到我听到心脏和肺发出嗞嗞声，直到烟气几乎把我熏昏过去。

这时候，小孩正快活地拍着手。当我站起来寻找一把木槌的时候，我注意到我老婆坐在另一个角落里。她似乎吓瘫了，连站都站不起来。她所能做的一切就是小声说着：“恶魔！恶魔!”我跑下楼去寻找木槌。

在黑暗中我似乎看到一个人影站在乌木钢琴边上。灯火忽明忽暗,但还是有足够的光线在这个人的脑袋周围投下一圈光环。此人正以一种单调的声音大声朗读一本巨大的铁书。他读起来就像犹太拉比在吟唱祷文。他的脑袋出神地朝后仰着,就好像它永远这样错了位。他的样子就像一盏打破的街灯,在潮湿的雾气中发出微光。

光线越来越昏暗,他的吟唱变得越来越单调。最后我什么也看不清,只见到他脑袋周围的光环,然后光环也消失了,我明白我已经变瞎。这就像在水中溺死一般,我的整个过去都在此过程中涌现出来。不仅是我个人的过去,而且也有我正骑在一只大乌龟背上穿越的全人类的过去。我们以蜗牛的速度与地球同行,我们到达了她运行轨道的极限,然后以一种倾斜的怪步子,我们迅速蹒跚回来,穿过空空的黄道十二宫。我们看见动物世界千奇百怪的幽灵般形象,已经爬到梯子顶,结果却掉到海底而消失的物种。尤其是所有羽毛全是火红色的红鸟。它生性温和。红鸟的速度飞快,像箭一般,总是朝向北方。它振翅北飞,飞过尸体,身后跟着一群天使蛆虫,令人眼花缭乱的一群,遮天蔽日。

慢慢地,犹如面纱被揭去,黑暗消散,我看清一个人站在钢琴旁边的侧影,他手里拿着那本大铁书,脑袋朝后仰着,正以倦怠的单调声音吟唱安魂连祷。一会儿以后,他开始迈起轻快机械的步子来回走,好像他正在心不在焉地做操。他的动作有一种痉挛的自动节奏，一见就令人生气。他的举止就像实验室里一部分脑子被切除的动物。每次来到钢琴跟前，他都随意敲出几个和弦——乒，乓，砰！同时他低声咕哝着。轻快地朝东边墙走去时，他咕哝："供氧理论"；轻快地朝西边墙走去时，他咕哝："对立理论"；在朝正北偏西方向走去时，他咕哝："完全错误的新鲜空气理论"，等等。他的动作就像一艘顶风而行的旧四桅船，他的胳膊软绵绵地悬挂着，脑袋微微垂向一边。一种轻快的不屈不挠的动作，像织布机上的一只梭子。突然他朝向正北咕哝："Z 代表 zebra……zeb，zut，Zachariah……没有 b 代表 bretzels 的迹象……"

用手指轻拂铁书的书页，我看出来，这是中世纪流传下来的一部涉及木乃伊问题的诗集；每一首诗都含有一个治疗皮肤病的处方。这是一个犹太僧侣写的关于大瘟疫的日记。一种关于皮肤病的详细编年史，是由行吟诗人吟唱的。写作形式是以乐符代表所有不祥的、爬行类的野兽，诸如鼹鼠、癞蛤蟆、蜥蜴、鳝鱼、甲虫、蝙蝠、海龟、白老鼠。每一首诗都含有一个处方，可以使着魔者的身体摆脱侵扰皮肤下层的恶魔。

我的眼光从音乐书页溜到了大门外，那里正在进行猎狼。地上覆盖着白雪，在城堡步道旁边的椭圆形田野里，两个用长矛武装的骑士快要把狼折磨致死。像奇迹一般，狼渐渐被仁慈而灵巧地置于致命一击的位置。注视着这大大拖长的死亡过程，一种激起情欲的感觉支配了我。正当长矛要掷出去的时候，马和骑士以一种令人极度痛苦的弹性蜷缩，同时狼、马和骑士绕着死亡的枢轴旋转。当长矛飞快地穿过狼的躯体时，地面轻轻向上运动，地平线稍稍倾斜，天空像刀锋般发蓝。

我穿过柱廊，来到通往城里的下陷街道。房子周围，黑色的烟囱林立，烟囱里喷出含硫的浓烟。最后我来到盒子厂，从它的一个窗户里我看到残疾人排着队站在院子里。没有一个残疾人有脚，很少几个有胳膊；他们脸上满是煤烟。他们所有人胸前都挂着奖章。

令我感到恐怖和吃惊的是，我慢慢发现，一长串棺材正从附属于工厂墙壁的长滑道上被运送到院子里。在棺材从滑道上滚落下去的时候，一个没有腿的男人走上前去，停下片刻慢慢调整他背上的重荷，然后行动艰难地扛着他的棺材走开了。这样的事情不停地进行着，毫不间断，没有丝毫声响。我的脸上淌着汗水。我要跑开，可是我的脚生了根。也许我没有脚。我吓坏了，害怕往下看。我抓住窗框，一点儿也不敢往下看，小心翼翼地、胆战心惊地抬起脚，直到我能用手摸到我鞋子的后跟。我对另一只脚也重复了同样的实验。当时，我在惊恐中迅速环顾四周，寻找出口。我站在其中的那个房间乱七八糟地放满空包装箱，钉子、锤子满地都是。我从空盒子中间穿过，寻找房门。就在我找到房门的时候，我的脚绊在一只空盒子上。我朝空盒子里看，瞧，它不是空的！我匆匆看了一眼其他盒子。没有一只是空的！每一只盒子里都有一具包装在细刨花里的骷髅。我从一条走廊跑向另一条走廊，疯狂地寻找楼梯。我飞一般跑过大厅，闻到从敞开的房门里发出的尸体防腐剂的恶臭。最后我来到楼梯口，当我跳下楼梯的时候，我看见下面楼梯平台上有一只白色搪瓷手指示着——停尸房。

这是夜间，我正在回家的路上。我的道路穿过一座野生花园，就像我经常在黑暗中蹒跚经过的那样。这时候我闭上眼睛，只听到墙壁的呼吸。我有在一个岛上的感觉，周围都是石头海湾。有一些相同的小桥，都挂着纸灯笼，沿铺石小路有零零落落的一些做工粗糙的长凳；有一些出售糖果的宝塔，颜色鲜艳的变色鱼，遮阳篷，凸出在海湾上的峭壁，薄薄的中国包装纸，其中藏着爆竹。一切都完全是过去的模样，甚至旋转木马的喧闹声和在缠结的树枝中飘动的风筝也都是这样。只不过现在是冬天。隆冬，所有的道路都被大雪覆盖，一层厚厚的雪，使道路几乎无法通行。

我在一座日本拱桥的顶上站了片刻，趴在栏杆上定了定神。所有的道路都清晰地在我面前伸展开去。它们都平行排列。在这个我非常熟悉的公园里，树木茂盛，我有着最大的安全感。在这桥上，我可以永远站下去，相信这就是我的目的地。几乎没有必要再走其余的路，因为我现在就好像在自己王国的门槛上，这个王国近在眼前，使我十分放心。我多么熟悉这座小桥，这茂密的树丛，这桥下流过的溪水啊！我可以永远站在这里，沉浸在无限的安全感中，在潺潺的流水声中被催眠，永远陶醉。溪水不停地打着漩儿从长满苔藓的石头上流过。一条融雪的溪流，上缓下急。桥下像冰一样清澈透明，清澈得我都可以目测水的深度。齐脖深的清澈透明。

现在，从黑黝黝的树丛里出来，在柏树和冬青中间，走来一对手挽手的幽灵男女，他们的动作缓慢而又无精打采。一对穿着晚礼服的幽灵男女——女的穿着一件袒胸长裙，男的有着闪闪发光的衬衣纽扣。他们迈着虚幻的步子从雪中走过，那女人的脚如此柔软干燥，她的胳膊裸露着。没有踩在雪上的嘎吱嘎吱响声，也没有狂风怒吼。一种晶莹的钻石光芒和夜间融雪形成的小溪流。粉末状的雪的溪流在冬青底下滑动。没有牙关的嘎吱嘎吱声，没有狼的呜咽声。清冷的月光下的溪流，白色的水和花瓣溅泼小桥的奔涌之声，岛在不停地漂移，她的岩石缠住了头发，她的峡谷和海湾在星辰的银光中黑黝黝地发亮。

他们以幽灵式的流动前进，朝着峡谷的膝部和白须水域。他们走进清澈冰冷的溪流深处，她裸露的背，他闪闪发亮的衬衣纽扣，从远处传来了玻璃帘子刷在旋转木马的金属牙齿上诉苦似的叮当声。水在两岸白色柔软的土堤之间像一块薄玻璃一般奔流；它在膝下奔流，携带着被砍下的脚就像雪崩中被压碎的基座。他们断了肢的躯干上结了冰，向前滑动着，他们的蝙蝠翅膀张开，他们的服装粘在他们的翼上。溪水一直在上涨，越来越高，空气越变越冷，白雪像粉末状的钻石一般晶莹发亮。从柏树顶上，一种金属的暗绿色洒落下来，就像一个绿色的阴影洒落在河岸上，玷污了清凉溪流的深处。那女人天使般地坐在冰河上，她的翅膀张开，她的头发以不自然的玻璃般的波浪形往后飘扬。

突然，溪流像蓝色火焰下的玻璃丝一般，迅速变成火舌。沿着熊熊燃烧的街道，赤道上密集的人群移动着。这是充满早年伤心事的街道，公寓一字排开，就像火车车厢一般，房子侧面都有尖头向上的尖铁。一条渐渐向太阳倾斜的街道，然后像一支箭一般向前迷失在宇宙空间里。在从前它拐弯的地方，有着单调的刺耳噪声，有着坚实的豪华屋顶和没有门窗的死墙，现在这里像打开了开关一样，明沟沿拐弯处建好，房屋成行，树木开花。现在时间和目标都与我无关。我在响亮的嗡嗡声中穿过糖浆一般热烘烘、懒洋洋的躯体。

我像一个浪子一般，十分悠闲地走在我青年时代的街道上。我既不困惑，也不绝望。从六极的周边，我走僻远的路线回到改变、变形的中心，一只不断蜕皮的白色羔羊。当我沿着山梁痛苦地号叫的时候，当我在酷热的白色山谷中被碱闷得透不过气来的时候，当我从缓慢的溪流中涉水时脚被石头和贝壳弄成碎片的时候，当我在柠檬地里舔着咸味汗珠或躺在火辣辣的窑里烘烤的时候，我不能忘怀，而现在又不再存在的这一切究竟是在什么时候呢？

当他们驾驶着我向其欢呼的柩车从这条阴森冷清的街上经过时，我是否已经蜕了皮？我就是羔羊，他们将我赶出来。我就是羔羊，他们把我变成了一只浑身条纹的老虎。在一个稀疏的丛林里，我披着柔软雪白的羊毛出生。我只平静地吃了一会儿草，然后就有一只爪子落到我身上。在白天结束时的酷热火焰中，我听到百叶窗后面的呼吸声；我慢慢地从所有的房子前面走过，倾听着血液的密集搏动。然后有一天夜里，我在南方上了冻的花园里一张硬邦邦的长凳上醒来。听到火车汽笛的哀鸣，看见白色的沙子路像头盖骨铺成的路一般闪着亮光。

如果我在世界上没有欢乐也没有痛苦地走来走去，这是因为他们在塔拉哈西取走了我的内脏。在一个靠着断栅栏的角落里，他们用脏爪子伸到我的身体里，并用一把生锈的折叠刀割掉了我的一切，一切神圣的、隐秘的、属于禁区的东西。在塔拉哈西，他们切掉了我的内脏；他们驱赶着我绕城乱转，给我画上条纹，像老虎一样。有一次我凭自己的本事吹响哨子。有一次我从街上走过，听着血液搏击着穿过百叶窗里透过来的光。现在我体内有一种咆哮，像狂欢节一样热闹。我的周围充满上百万首筒风琴曲子。我走在充满早年伤心事的街道上，狂欢节正在热闹地进行。我往前挤开一条道，倾吐出我学会的曲子。一种欢乐、懒惰的堕落，从路的一边传到另一边。一团人肉，像一条粗绳索摇晃着。

在小别墅用螺线悬挂的花箱旁，茧子正在绽开，一个慢慢登上鲜花小径的女人停了一会儿，把她女性的全部重量都压到我身上。我的脑袋自动地往两边摇晃着，一座放在钟楼里的钟。在她离开后，她的话开始显示其意义。公墓，她说。你看见他们对公墓做了些什么吗？我在热烘烘的榨汁机中信步往前走，帘子全拉开了，门前台阶上挤满了小孩，我不断想起她的话。我以黑鬼一般轻快的想象力信步往前，裸着脖子，八字脚的脚趾张开着，阴囊紧紧的。一种温暖的南方芳香包围着我，一种心情舒畅的悠闲，血液像糖蜜一样稠，以秃鹰的翅膀拍击着。

他们为街道做的事正是约瑟为埃及所做的事。他们做了什么？不再有你们和他们。一块成熟的金色玉米地，印第安红种人和黑鬼的土地。他们现在是谁或以前是谁，我不知道。我只知道他们占有了土地，并使它微笑；他们占有了公墓，并使它成为一块呻吟的沃土。每一块石头都被搬走，每一个花环和十字架都消失了。现在紧挨着我们家有一块巨大的棋盘，陷在地里，因堆满了食物而发出呻吟；这片沃土又黑又肥，强壮而耐心的毛驴将它们细长的蹄子插到湿润的沃土里，这沃土犁起来就像柔软的奶酪一般。整个公墓正同它丰富的出产一起歌唱。通过小麦、玉米、燕麦、黑麦、大麦的叶子歌唱。公墓里满是吃的东西，毛驴摆动着尾巴，高大的黑鬼哼哼着，吟唱着，汗珠滚下他们的小腿。

整条街现在都靠墓地供养。足够供给每一个人。甚至还要多。多余的食物随蒸汽、歌舞、堕落与轻率而消失。谁会想到，死去的那些瘦骨嶙峋的可怜蛋在石板底下腐烂，竟含有如此肥沃的智慧呢？谁会想到，这些骨瘦如柴的路德派教徒，这些细长腿的长老会教徒，竟有这么好的肥肉留在他们的骨头上，以至于造成这样一种神奇的腐败收获，这样一满巢一满巢的蛆虫呢？甚至石匠凿出来的干巴巴的墓志铭也起着肥沃的作用。静躺在冷冰冰的草地底下，这些纵欲、私通的鬼魂正在努力取得它们的权力与荣耀。在整个广阔的世界上，我没有看过哪块墓地像这样兴旺。在整个广阔的世界上,没有任何地方有这样丰富、这样热气腾腾的肥料。充满早年伤心事的街道,我拥抱你!不再有苍白的面孔,不再有贝多芬的头盖骨,不再有交叉的大腿骨,不再有细长的腿。我只看见玉米、黄花、紫丁香;我看见普通的锄头,套着挽具的毛驴,宽大扁平的脚上,脚趾张开,脚趾之间沾满丝一般的沃土。我看见红手绢,褪了色的蓝衬衣,汗水晶莹的阔边帽。我听到苍蝇嗡嗡作响,还有低沉而懒洋洋的声音。空气发出心不在焉、漫不经心的欢乐哼哼声;昆虫嗡嗡作响,沾满花粉的翅膀传播花粉与腐败。我听不见钟声、哨声、锣声、刹车的摩擦声;我听见锄头的叮当声、水滴滴下的声音、干重活时发出的哼哼声和沉默中的大混乱。我听到吉他、口琴的声音,一种柔和的铜锣声,一种拖鞋的吧嗒吧嗒的声音;我听到百叶窗放下的声音,公驴在燕麦地里的嘶叫声。

没有苍白的面孔,感谢基督!我看见苦力、黑鬼、印第安女人。我看见深浅不同的巧克力色和肉桂色,我看见一种地中海橄榄色,一种带茶色的夏威夷金色;我看见每一种纯粹的色度和每一种明暗交错的色度,但是没有白色。头盖骨和交叉腿骨随墓碑消失;一个白色种族的白色尸骨产生出他们的收获。我看到,属于他们姓氏和记忆的一切都消退了,而且,这使我快乐得发疯。在旷野上,大地曾隆起成为乱七八糟的小草皮,现在我在嘁嘁喳喳声中信步走在湿漉漉的深垄沟里,干渴的脚趾叮当作响;我左右溅着水汪汪的白菜地里的沃泥,泥土被轮子、宽阔的绿叶、压扁的浆果、橄榄酸汁挤压着。我承蒙神恩,踩在死人的肥胖蛆虫身上，把它们碾回到草皮中去。像醉酒的水手一般，我从一边转到另一边，我两脚湿漉漉，两手干巴巴。我透过小麦朝朵朵白云望去；我的目光顺着河流望去，看着她那吃水很浅的三角帆船，她的帆和桅在缓慢飘动。我看见太阳射下明亮的光线，轻轻吮吸着河流的乳房。在另一边河岸上是棚屋的尖竿，一缕懒洋洋的轻烟。我看见石斧在空中飞向熟悉的令人毛骨悚然的喊叫声。我看见画了油彩的脸，明亮的珠子，柔软的毒蛇舞，长而扁平的乳头，编了辫子的印第安婴儿。

特拉华和拉克万纳，莫农格希拉，莫霍克，谢南多厄，纳拉甘西特，塔斯基吉，奥斯卡卢萨，卡拉马祖，塞米诺尔和波尼，切罗基，伟大的神灵，黑脚族人，纳瓦霍人诸类：我眼前像一朵巨大的红云，像一根火柱，闪过一种幻觉，看到我们地球不受法律保护的壮丽。我看不见列托人、克罗地亚人、芬兰人、丹麦人、瑞典人；看不见爱尔兰佬、意大利佬、波兰佬、法国佬、德国佬、犹太佬。我看见坐在乌鸦巢里的犹太人，他们烤焦的脸像皮革一样干燥，他们的脑壳皱缩，没有骨头。

石斧又一次闪着光亮，头皮飞起，欢快的波状云一般的鲜血从河床上滚滚而出。从山腰上、从大洞穴里、从沼泽地以及埃弗格莱兹大沼泽地里，涌出一股血迹斑斑的人流。从内华达山脉到阿巴拉契亚山脉，大地冒着被杀者的血烟。我的头皮被割掉，灰色肉片悬挂在我的耳朵上；我的脚被烧掉，我的两胁被箭头射穿。在一个羊圈里，我靠在破栅栏上，我的肠子掉在我的一边；皮肤和肌肉绷得紧紧的美丽的白色太阳穴被砍得血迹模糊。风咆哮着穿过我断裂的直肠，像六十个白色的麻风病患者在咆哮。一团白色火焰，一块蓝色冰玉，一支喷雾的火把，在我空空的内脏中旋转。我的手臂被猛地从插孔里拉出来。我的躯体是盗尸者正在劫掠的坟墓。我满身都是天然宝石，渗出晶莹的光辉。太阳像上千把尖头长矛刺穿我的伤口，宝石闪闪发光，内脏尖叫。我不知道现在是白天还是黑夜；世界的帐篷像气囊一般崩塌。在一团血的火焰中，我感觉到一把钳子冷冰冰地接触我的身子：他们拖着我通过河谷，我什么也看不见，无依无靠，说不出话来，喘息着，无力地尖叫着。我听见远处冰水的奔流，冬青树下豺狼的呻吟；透过暗绿的树林，一个光点扩展开，一种春天的、普鲁士蓝的光，它玷污了雪和冰一般清澈的溪流深处。一种欢乐得回不过气来的汩汩声，一种安静的大混乱，就像没有腿的天使，张开翅膀，在桥下漂浮而过一般。

沟里堆满积雪。这是冬天，太阳照射出中午时分的无力光亮。沿街走过一栋栋公寓。在太阳照射的一两个小时内，一切都变成了水，一切都流动，一切都滴着水，一切都发出汩汩声。在马路边和雪堆之间，一股清澈发蓝的水流在上涨。在我体内，一股水流阻塞了我血管的狭窄通道。我体内一股清澈发蓝的水流从我的脚趾一直循环到头发根。我完全被融化了，像冰一般湛蓝，快活得说不出话来。

沿街走过一栋栋公寓，我的狭窄窒塞的血管中有一种像冰一般湛蓝的快活。冬天的雪在融化，水沟在雪上面游泳。忧伤消失了，欢乐也随之而去，都融化、滴落、注入阴沟。突然间钟声敲响，疯狂的丧钟，骂着下流话，用疯狂的铁钟舌粉碎了血管的玻璃痔疮。透过融雪，有一场支配一切的大屠杀：矮小的中国马和头皮挂在一起，长长的细关节绿颚昆虫。在每一幢房子前面都有一个铁栏杆，上面的尖刺上开着蓝花。

沿着充满早年忧伤的街道，老巫婆乘风而来，她扬着宽帆，衣服里鼓鼓囊囊地装着许多骷髅头。我们恐惧地逃避夜晚，追寻着绿色的相册，它高高装饰的前腿，鼓起的额头。从所有腐烂的门前台阶上，传来蛇在袋子里蠕动的咝咝声，绳子已系上，肠子打了结。蓝色的花像豹一般星星点点，被碾平，被吸干血，大地是一个春天的污斑，金子，骨髓，明亮的骨灰，高高的三角翼，白马的行进，阿摩尼亚眼睛。

融雪融化得更深，铁生锈，叶开花。在拐角处，高架铁路下，站着一个戴高顶礼帽的男人，他穿着蓝哔叽衣服和亚麻鞋罩，他的白唇须梳得很细。开关打开，烟草汁、金色的柠檬、象牙、大烛台一股脑儿滚出来。柠檬商人莫依舍·皮皮克捕猎野鸽，在背心口袋里孵紫色蛋，紫色的领带和西瓜，短梗菠菜，多纤维，被沥青糟蹋了。嘲弄的哨音大声传开，荡妇慌慌张张，用来苏儿、阿摩尼亚、樟脑膏药裹起绷带，云母小屋，三角形的波纹状花生壳，一切都得意扬扬地迎着晨风前进。晨光从折缝中射来，窗格有条纹，遮盖被撕去，油布褪了色。一个头发直立的男人走着，他不跑，不呼吸，一个带风标的男人，突然拐弯，然后窜出去。一个不考虑如何或为什么的人只是在暗淡无光的夜间行走，所有的星星都在左舷，负载的支撑杆平衡着。他出售少量麻醉品，吵醒了原告，陷阱从左向右转，冬季海洋上的正午，正午时分各方人士统统上船，在右舷高处。风标再次划着深水桨从舷窗经过，所有的声音都听不清楚。夜悄悄爬过来，像飓风一般。无声无息带着满载的焦糖和镍制的骰子。莫妮卡修女弹着吉他，衬衣敞开，挂着饰带，每一只耳朵里都有宽大的凸缘。莫妮卡修女浑身一道道石灰条纹，橡胶涂层，她的眼睛发了霉，盖了绉纱，沾满眼屎，呈锯齿状。

充满早年忧伤的街道变宽了，发青的嘴唇哭诉着，信天翁振翅飞行，她的血淋淋的脖子断开，她的牙齿发出无意义的声音。戴圆礼帽的男人左腿吱嘎作响，两道凹口进一步往下到了右边。在舷缘下边，古巴旗同面条、山梅花，同野生木兰和嫩棕榈叶拼凑在一起，被切成饲料，同白垩和绿色的涎水和在一起。在银床底下是白色的天竺葵花碗，两道条纹的用于早上，三道条纹的用于晚上。河狸低唱着要喝鲜血，白色的鲜血一大口一大口地涌来，白色的黏土，令人窒息，里面满是断牙、黏液和腐烂的骨头。地面被来来往往的人踩得很滑，还有明晃晃的剪刀、长刀、烧热的和凉的钳子，踩上就会滑一跤。

在外面的融雪中，兽群挣脱出来，先是有着华丽白条纹的斑马，然后是禽鸟和白嘴鸦，然后是金合欢属和具有菱纹背的动物。绿色植物张开脚趾，红鸟在底下盘旋俯冲，混乱的一堆东西中断了休息，蜥蜴排尿，豺狼呜呜叫唤，鬣狗打嗝，笑，再打嗝。整个宽敞的公墓安全地喷洒了药水，在夜间裂开了它的接缝。自动机械由于巨大的整套盔甲的拖累也裂了缝，铰链生锈，插销没有插上，被制锡业托拉斯所抛弃。黄油开花，成了巨大的扇形花环，肥腻的夹竹桃黄油，上面有乌鸦脚的标志，由绞刑刽子手牛皮大王约翰两次加以拼接。黄油在停尸房嚎叫，苍白的月光洒下来，河口阻塞，运货列车震颤，铁路旁轨被锁住。被追踪的褐色矮脚鸡装饰着红色的嗉囊和水獭皮，正吃着洼地的嫩草。飞燕草遭受大损失。氧化镁容器着火，飞鹰高高翱翔，有一把刀子刺穿它的踝骨。

血腥而疯狂的夜，所有的鹰爪都被砍掉、修剪掉。血腥而疯狂的夜，所有的钟楼都发出尖锐刺耳的声音，所有的板条都被扯掉，所有的煤气管都爆裂。血腥而疯狂的夜，每一块肌肉都扭伤，脚趾交叉，头发直立，牙齿发红，脊柱裂开缝。整个世界完全清醒，像黎明一样发出嘁嘁喳喳声，火力不足的红火从树脂上爬过。整个夜晚梳子折断，肋骨尖鸣。两次破晓，然后黎明又悄悄消失。在滴滴答答的雪水中，氧化物冒着烟。整条街上，灵车来来回回、来来回回地经过，司机大声咀嚼他们的长鞭、白纱、棉布手套。

北面朝着白杆，南面朝着红苍鹭，脉搏疯狂地一直跳下去。他们用明晃晃的玻璃牙，一根接一根地把绳索咬下来。鸭子挺着它的扁宽嘴走来，然后是肚子贴地的鼬鼠。它们受到真菌的召唤，一个接一个地来到，它们的尾巴长着羽毛，它们的脚长着蹼。它们蜂拥而来，像触轮杆一样弯着身子，从床下经过。地板上的泥巴和奇怪的招牌，窗户闪闪发亮，只有牙齿，然后是手，然后是胡萝卜，然后是有着翠绿色眼睛的流浪洋葱，来了又去、去了又来的彗星。

东面朝着蒙古人，西面朝着红杉，脉搏前后摇晃。洋葱在行军，蛋在咔嗒咔嗒响，动物园像陀螺般旋转。在高高的海滩上，红色的鱼子酱床有好几英里长。碎浪冒着泡沫，噼噼啪啪抽打它们的长鞭。潮水在绿色的冰川下咆哮。大地越转越快，越转越快。

从黑暗的混沌中，因堵塞的舷窗而产生出光涡。从静止的虚无中产生出不停的平衡。从鲸骨和黄麻袋中产生出这种被称作睡眠的疯狂之物，它像一座八天上一次发条的钟一般奔跑。

来回漫步于中国

现在我绝不孤独。最糟糕的情况下也有上帝同我在一起！

在巴黎，不在巴黎，离开巴黎，回到巴黎，始终是巴黎，巴黎是法国，法国是中国。一切我不能理解的东西，像一堵大墙，把我漫游经过的山丘河谷围在里面。在这堵大墙里面，我可以平静而安全地过我的中国生活。

我不是一个旅行家，也不是一个冒险家。我遇到的事情发生在我寻求出路的过程中。直至现在，我一直在一端不通的隧道里继续不断地工作，在大地的内脏里发掘，寻找光和水。作为一个美洲大陆的人，我不能相信，在地球上某个地方，一个人可以是他自己。由于环境的作用，我变成了一个华人——一个我自己国家里的华人！我沉溺于梦的鸦片，为的是面对我没份参与的一种生活的丑陋。我像一根掉进密西西比河的细树枝一般安静而自然地离开了美国生活之流。我记得我遇到的一切,但是我无意于恢复过去,我既没有渴望,也没有遗憾。我就像一个从长眠中醒来,发现自己正在做梦的人一样。一种出生前状态——出生者未出生地活着,未出生者出生时死去。

一遍又一遍地出生,再生。在街上走时出生,在咖啡馆里坐着时出生,躺在婊子身上时出生。一遍又一遍地出生,再生。一种快速的步子,对这种快速的惩罚不仅仅是死亡,而且是重复的死亡。例如,我刚到天堂,大门就打开了,我发现在我脚下是鹅卵石。我是怎么学会走得这么快的?我在用谁的脚走路?现在我正走向坟墓,走向我自己的葬礼。我听到铁锹的当啷声和撒下的泥土声。我的眼睛刚闭上,我几乎还没有时间来闻一下他们用来淹没我的鲜花,就听见轰隆一声,我经历了又一次不朽。这样往返于天堂与地球之间,使我一直警觉着。我不得不让我的身体准备好等蛆虫来咬,不得不把我的灵魂原封不动地献给上帝。

下午坐在拉富什时,我冷静地问自己:“我们从这儿去哪里?”夜幕降临前,我也许已到月球打了一个来回。我坐在这里的十字路口,梦中经历了所有独立的、不朽的自我。我的眼泪掉进了我的啤酒里。夜里走回克利希的时候,也有着同样的感觉。无论什么时候我来到拉富什,我都看见没有尽头的马路从我脚下放射出去,从我自己的鞋里走出无数居住在我的存在世界中的自我。我陪同他们手挽手地走过我曾经独自行走的小道:我称之为壮观的、着魔的生死之行。我同这些自我造就的伙伴说话,如果我不幸地只生死一次而永远孤独,那我完全会同我自己说话。现在我绝不孤独。最糟糕的情况下也有上帝同我在一起!

从克利希广场到拉富什的那一小段路有某种东西,使所有那些壮观的、着魔的步行立刻富于青春活力。这就像从一个至点移向另一个至点。假定我刚离开威普勒咖啡馆,腋下夹着一本书,一本关于风格和意志的书。也许当我在读这本书的时候,我只理解一两个短语。也许我一晚上都在读着同一页。也许我根本就不在威普勒咖啡馆,而是一边听着音乐,一边离开我的身体,飞走了。那么我在哪里呢?嘿,我外出做一次着了魔的步行,一次五十年上下的短短行程,只要翻过一页书即可结束行程。

就在我要离开威普勒咖啡馆的时候,我听到一种奇怪的嗖嗖声。不必朝身后看——我知道这是我的身体在奔跑过来同我结合在一起。通常在这样的时刻,抽粪机沿街排开。皮管子横在人行道上,就像哼哼唧唧的巨大蛆虫。肥肥的蛆虫正把粪便从污水池里吸出来。正是这,使我真正振奋精神,来看一看自己的外观。我看见自己在咖啡馆里俯身看书,我看见那个和我并肩坐着的婊子正越过我的肩头看书,我的脖子感觉到她的呼吸。她等我抬起眼睛,也许等我点着她拿在手里的那支烟。她正要问我一个人在这里做什么、是否无聊。那本书是谈论风格和意志的,我把它带到咖啡馆里读,是因为在一家吵闹的咖啡馆里读书,简直是一种奢侈——也可以预防疾病。在一家吵闹的咖啡馆里听音乐也很好——它增加了孤独感、寂寞感。我看见那婊子的上嘴唇在我肩头上方颤抖。只是一片三角形的嘴唇，光滑柔软，如丝绸一般。它因高音而颤抖，姿势就像深谷里的一只羚羊。现在我在受夹道鞭打，我和我自己牢牢地粘在一起。从克利希广场到拉富什的那一小段路。沿那一小段路排列的死胡同里跳出黑压压一片妓女，就像在亮光中盲目乱飞的蝙蝠。她们进到我的头发里、耳朵里、眼睛里。她们用吸血的爪子牢牢抓住你。整个夜晚她们都在小巷里溃烂；她们有着大雨后植物发出的味道。她们发出植物般的小声响，低能的喊叫，这是肉麻的亲热表示。她们像虱子一般挤到我身上，有着植物般长卷须的虱子，这卷须吸走了我毛孔里的汗水。这些婊子，这音乐，这人群，这墙壁，这墙壁上的光，这大粪以及这无畏地进行工作的抽粪机，所有这一切形成一团星云，凝聚成一场惊梦的冷汗。

每天夜里，当我朝拉富什走去的时候，我都受到夹道鞭打。每天夜里，我都被剥去头皮，被石斧砍杀。如果不是这样，我倒会想这样。我回到家，将虱子从衣服里抖出来，把血从身上洗掉。我上床睡觉，大声打呼噜。正是真正适合于我的世界！使我的肉保持鲜嫩，我的灵魂保持完整无缺。

我住的房子正被拉倒。所有的房间都暴露在外。我的房子像一个被剥了皮的人的身体。壁纸破破烂烂地耷拉着，床架上没有垫子，洗涤槽不见了。我每天夜里进房子以前都要站住看它一眼。它那令人厌恶的样子迷住了我。归根结底，为什么没有一点点令人厌恶的东西呢？每一个活人都是装满人类厌恶之物的博物馆。每一个人都给博物馆增加了一个侧厅。所以，每天夜里站在我住的房子前，这正在被拉倒的房子前，我都试图理解它的意义。里面的东西暴露得越多，我就越热爱我的房子。我甚至热爱那只立在床底下的旧尿壶，现在已经没有人再用它了。

在美国，我住过许多房子，但是我不记得任何一幢房子的里面是什么样。我不得不拿上我遇到的东西，随身带着走到街上。有一次我雇了一辆敞篷四轮马车，坐着它走在第五大道上。这是秋天里的一个下午，我正坐车穿过我自己的城市。男男女女都在人行道上散步：稀奇古怪的兽类，半人，半明胶。他们半发疯地在大道上走来走去，牙齿磨得锃光发亮，眼睛闪闪发光。女人们穿着漂亮衣服，每个人都储存着一个冷笑。男人们也不时微笑，好像他们正走在棺材里，要去见天堂里的救世主。带着那种闪闪发光的疯狂眼神微笑着经历人生，旗帜飘扬，性甜蜜地流过阴沟。我随身带着一支手枪，我们到达第四十二街时我就开火。没有人注意。我左右开弓地把他们扫倒在地，但是人群一点儿也不见稀少。活人从死人身上走过去，始终微笑着炫耀他们漂亮的白牙齿。正是这种残酷的白色微笑深深印在我的记忆中。我在睡眠中看见这种微笑，这时候我正伸出手去乞讨——越野赛跑中悬垂的香蕉上漂浮的乔治·C.蒂留式微笑。美国对贫穷微笑。微笑如此一钱不值——你坐在敞篷四轮马车里的时候为什么不微笑呢？微笑，微笑，微笑一下，世界就是你的了。微笑着发出临死前的喉鸣——这使那些被你留在身后的人感觉更舒服一些。微笑，妈的！永不消失的微笑！

一个星期四的下午，我站在地铁里，面对着欧洲的普通女性。她们脸上有一种疲惫的美，好像她们像地球本身一样，经历了一切自然灾害。她们种族的历史就刻在她们的脸上；她们的皮肤就像一张羊皮纸，上面记录着文明进程中的全部斗争。移民、仇恨和迫害、欧洲战争——全都留下了它们的印记。她们没有在微笑；她们的脸镇静自若，写在她们脸上的东西是由种族、性格、历史等方面构成的。我在她们脸上看到了多种颜色合在一起的破旧欧洲地图，一张画着一道道铁道线、船运线、航空线以及国境线的地图，有根深蒂固、无法磨灭的偏见和竞争。外形的破旧，表示海与湖泊的大裂口，构成岛屿的断链，成为不可思议的神话遗迹的半岛，所有这一切自然力的影响与侵蚀都表明了人和现实之间永远进行着冲突，本书只是这样一种冲突的另一张地图。凝视着这张地图，我对此留下了深刻的印象：这个大陆比它看上去的样子要大得多，事实上，这根本就不是一个大陆，而是水域闯入地球的一部分，一块被大海闯入的陆地。在某些薄弱的地方，陆地放弃了地盘。人们不必懂一句地质术语，就会明白这个有着星罗棋布的河流、湖泊、内陆海的欧洲大陆所经历的沉浮。人们一眼就会发现不同时期所做出的巨大努力，就像人们会发现流产的、失败的努力一样。人们实际上会感觉到随各种不同的地壳隆起之后而来的巨大气候变化。如果人们是用一个地图学家的眼睛来看这张地图，那么人们就可以想象五万年或十万年以后它是什么模样。

因此，看着构成人类大陆的海洋与陆地时，我又看见某些可笑而又可怕的兵团等等，他们证明了许多英勇的斗争。我可以在蜿蜒的长河中发现信仰和勇气全然丧失，体面悄然离去，灵魂被逐渐消耗殆尽。我可以看见，边境上标着深色的自然边界线，以及像风一样变动的浅色线条。我可以感觉到气候在哪里将要发生变化，并将下列情况视为不可避免：某些肥沃的地区将枯竭，而其他一些荒芜的地方却将兴旺起来。我确信，在某些地区神话将成为现实，在我们曾经是的未知之人和我们现在是的未知之人之间将会发现一种联系，过去的混乱将注定未来更大的混乱，只有骚动与混乱才具有重要意义，我们必须着手加以崇拜。作为人类，我们包含构成世界的全部因素，其真正的实质及其神话；我们到处并始终随身携带我们改变着的地貌，我们改变着的气候。欧洲地图正在我们眼前改变；没有人知道新大陆在哪里开始，在哪里终止。

我在这里处于伟大的变化之中。我忘记了我自己的语言，我也不说新的语言。我在中国，我在说中国话。我处于一个改变着的现实的死亡中心，还没有任何一种语言被发明出来以适应这个现实。按照地图，我是在巴黎；按照日历，我正生活在20世纪30年代，但是我既不在巴黎，也不在20世纪。我在中国，这里没有钟，也没有日历。我正坐着独桅三角帆船航行在长江上，我收集的食物是从美国炮舰上倾倒下来的垃圾中捡出来的。我花了一整天的时间准备一顿粗茶淡饭，但这是一顿美餐，而且我有一个铁铸的胃。

从卢夫西恩而来……在我下面是塞纳河谷。整个巴黎浮雕般凸现，像是一幅大地测量图。越过拥抱河床的平原望去，我看见巴黎城：一圈又一圈的街道，乡村之内的乡村，要塞之内的要塞。她像多节的老红杉树桩一般，孤独而威严地站在塞纳河的广阔平原上。她永远站在同一地点，一会儿缩小，一会儿扩张：破旧立新。无论从什么高度，无论从什么时空距离来看，她都站在那里，美丽的巴黎城，她柔和，像宝石一般，一座圣城，其神秘小径穿越大片大片屋顶的海洋，冲向开阔的平原。

在沸腾的高峰时间，我坐着喝开胃酒，浮想联翩。天空十分平静，云彩纹丝不动。我坐在交通的死亡中心，从我周围的衰朽中发展起来的一种新生活的静寂让我安宁。我的双脚碰到一个不老躯体的根，我没有一个名称来称呼这种东西。我同整个大地交流。我在时间的子宫中，没有任何东西可以动摇我脱离静默状态。又一个发现了自己不安之火的流浪汉。我坐在这里空旷的街上给我的歌谱曲。这是我小时候听到的歌，我已经在新世界里失去了它，要不是它像一根小树枝一般掉进时间的海洋，我就永远无法挽回它。

对一个不得不睁大眼睛做梦的人来说，一切运动都是倒退，一切行动都破碎成万花筒一般的碎片。当我从现在的恐怖中走过的时候，我相信，只有那些有勇气闭上眼睛的人，只有那些永远置身于被称为现实的状况之外的人，才能影响我们的命运。面对这种清醒的恐怖，我相信，我们文明的所有资源都将证明：它们难以发现破坏我们世界陈腐而无价值的平衡所必需的小沙粒。我相信，只有一个既不怕生也不怕死的梦幻者，才会发现这种无穷小的小点儿，正是这种小点儿使宇宙投入正常运转——*在顷刻之间*。我一刻也不相信万事缓慢而痛苦的、光彩而合逻辑的、不光彩地不合逻辑的演化。我相信，整个世界——不单单是地球及其构成物，也不是我们已经制图说明其各种组成部分的宇宙，包括超出我们视力和仪器能力范围之外的宇宙——而是整个已知和未知的世界，都处于欠佳状态，在痛苦和疯狂中尖叫。我相信，如果明天找到办法，可以让我们飞往最远的星球，飞往那样一些星球之一，即按照我们的古怪计算，那些星球的光直到我们地球毁灭也到达不了我们这里，我相信如果我们明天被运送到那里，处于一个尚未开始的时代，那么我们会发现一种完全相同的恐怖，一种完全相同的不幸，一种完全相同的疯狂。我相信，如果我们同周围星星的关系十分谐调，从而可以逃避相撞的奇迹，而我们又同这里、那里、更远的那里，以及到处都同时确定的命运相适应，那么就无法逃脱这种普遍的命运，除非在这里、那里、更远的那里以及到处，所有的人、动物、植物、矿物、岩石、河流、树木、山脉都同时想要逃脱这种命运。

在一个万物不再有名称的夜里，我走到街道的尽头，像一个来到其活动范围终端的人一样，我跳下了生死分水岭的悬崖。我跳过公墓围墙，那里最后坍毁的小便池在汩汩作响，这时候，我的整个童年都变成了我喉咙里的一个肿块，窒息了我。无论在哪里我铺完床以后，我都像疯子一样拼命要把过去驱赶出去，但在最后一刻，总是过去占了上风，我淹没在过去之中。在最后关头，人们终于明白未来是骗子，是面肮脏的镜子，是玻璃沙漏器底部的沙子，是已经熄火的炉子里的煤渣，冷冰冰的，死气沉沉。走进勒瓦卢瓦-佩雷中心时，我从一个阿拉伯人身边经过，他站在一条死胡同的入口处。在灿烂的弧光灯下，他如同石化了一般。他没有任何人的标志——没有把手，没有杠杆，没有弹簧，可以像魔术师那样触摸一下，就把他从陷入的发呆状态中解脱出来。我继续漫步，漫步，阿拉伯人的形象越来越深地渗透到我的意识中。石头般地站在灿烂弧光灯下的阿拉伯人形象。站在街道的冷汗中的其他男男女女的形象——在一个石化了的空间中的小点上站着的有着人形的形象。自从我第一次来到街上亲眼看一看生活的那天以来，什么也没有改变。此后我学到的东西都是假的、无用的。现在我将假的东西搁置一边，我感到世界的现状比一开始更为残酷。我就是在这种催吐剂中诞生，又将在这种催吐剂中死亡。无法幸免。没有我可以逃入的天堂。天平两边持平。只需要一粒小沙子，但是这粒小沙子却不可能找到。缺乏精神和意志。我又想起这街道最初使我产生的惊奇和恐怖。我回想起我住过的房子，它的表面装饰，在它里面居住的恶魔，包围着它的神秘气氛；我回想起越过我的童年地平线的每一个人，以及将他裹在其中的那种奇观，他飘浮于其中的那种光环，他身体的触感，他发出的气味；我回想起一周诸日，以及支配它们、它们的天命、它们的芬芳的诸神，每一日都如此崭新，如此壮观，要不然就漫长而又极其空虚；我回想起我们建成的家园以及构成家园的事物和使家园生气勃勃的精神；我回想起变化的岁月，其决定性优势，就像一本藏在家谱树干上的日历；我甚至回想起我的梦，既有夜间的梦，又有白日梦。自从经过那阿拉伯人身边以来，我走过了漫长的直路，一直走向无限，或者至少我有一种幻觉，以为我走过了笔直而没有尽头的路。我忘记了有大地测量曲线这样一类东西，忘记了无论背离那阿拉伯人站的地方有多远，只要我不断地走，我就会一而再，再而三地回来。在每一个十字路口，我都会遇见一个石头般呆站着的人形，一个衬着死胡同、有灿烂的弧光灯照耀其上的形象。

今天我出来做另一次神游。我和我自己牢牢地粘在一起。天空再一次一动不动地挂着，四周鸦雀无声。在将我围在其中的大墙那边，音乐家们正在准备演奏。大崩溃之前需要度过的又一天！又一天！我一面这样对自己咕哝，一面突然拐过公墓围墙，走到麦斯特街上。突然向右拐，使我一下子进到巴黎的肠子里。街道像一道参差不齐的刀伤从蒙马特尔高地滑溜溜地盘绕在一起的肠子中穿过。我走在鲜血中，我的心脏在燃烧。明天所有这一切都将毁灭，我也一样。在墙那边，魔鬼们正在准备演奏。我的心脏燃烧得越来越快，越来越快！

爬上蒙马特尔高地的时候，圣安东尼在我的一边，鬼王别西卜在另一边。一个人站在高地上，光辉纯洁。心灵的表面变成波涛汹涌的大海。天空旋转，地动山摇。爬上高地，俯瞰颗粒状的屋顶，俯瞰疤痕斑斑的百叶窗和气喘吁吁的烟囱管帽……

在勒比克街侧身躺下休息片刻的地方，在它像发夹一样弯过来重新开始爬陡坡的地方，就好像上涨的潮水退去后，留下从海里带来的大量沉积物。舞厅，酒吧，卡巴莱餐馆，所有的白炽灯的花边和泡沫在围绕着高地底部的大量热气腾腾的食物面前黯然失色。巴黎正在揉肚皮。巴黎正在咂嘴。巴黎正在津津有味地等待未来的宴席。在这里，肉体总是在其环境中运动——一长列动态的行列，像埃及神殿的雕带，像伊特拉斯坎传说，像克里特全盛时期之初。一切都活跃得令人吃惊，一大堆相异的物质。人体的温暖蜂房，葡萄串，像温暖的钻石般储存起来的蜂蜜。街道统统聚集在我的手指缝里。我一只手捡起了整个法兰西。我在蜜蜂窝里，在斯芬克斯温暖的肚子里。天地和生动活泼的人性一同颤动。中心是肉体。肉体那边是怀疑、绝望、幻灭。肉体是基础，是不朽。

太阳沿着奥塞尔街下沉。也许这是太阳在下沉，也许是街道本身像门厅一样凄凉。我的血液由于它自己的重量而沉入易碎的、玻璃般的神经疖疮。在被悲伤所侵蚀的外表上，有一层薄薄的油渣，一层模模糊糊发绿的薄膜，有一点儿痴呆的样子，然后突然之间——立刻！——一切都改变了。街道突然张开大嘴，而那一边，像一个安静的白色之梦，像一场嵌在石头里的白色之梦，圣心教堂拔地而起。下午近黄昏，它沉重的白色令人窒息。一种沉重、困倦的白色，像一个倦怠的女人的肚子。血液反反复复地退去，柔和的光线使轮廓显得丰满，巨浪般的圆屋顶像处女的乳头一样绷得紧紧的。在使人头晕目眩的悬崖上，树木像多刺的荆棘般突出在外，它们长绒毛的树枝在根下着了魔一般流动着的无形潮流上方懒洋洋地摆动。一块块天空仍然粘在树梢上——染着东方蓝的柔软棉絮。一层高过一层，绿色大地点缀着面包屑、癞皮狗、吃同类的小动物，它们从袋鼠的袋子里跳出来。

从烈士的尸骨上长出白色的栏杆，殉难者的四肢仍在痛苦中扭动。穿丝袜的大腿交叉成库法字体的样子，也许是穿丝绸的荡妇，也许是瘦削的贪婪之人，也许是已死的妖艳女人。披着白色大象皮、装饰着沉重石兽的高楼大厦，将摩尔人的宿命论强加在巴黎身上。

夜晚降临，林荫大道的夜，天空像地狱之火一般红，从克利希到巴尔贝，浮雕般敞开的坟墓。柔和的巴黎之夜，像一架无牙的牙龈做成的梯子，盗墓者在梯级之间龇牙咧嘴。沿着山脚，小便池汩汩作响，它们的嘴里塞满了柔软的面包。正是在夜间，圣心教堂才显得十分可爱。正是在那时候，她皮肤的厚重白色和她潮湿的石头呼吸才像阀门一样给血液施加压力。夜间，巴黎将她发烧的白血排掉。时间在木琴上展开，月亮鸣锣，心灵受创。夜晚像一只翻转过来的痰盂一般到来，心灵的美好鲜花，金色的长寿花，白罂罂粟，都被嚼成了口水。在蒙马特尔高地上，在天蓝色的遮阳篷底下，大石马无声地咀嚼。马蹄的嘚嘚声使大地北到斯匹次卑尔根群岛，南至塔斯马尼亚岛，全在颤抖。地球在林荫道的柔软跑道上旋转。她转得越来越快，越来越快，而边缘的那一边，音乐家们正准备演奏。我又听见舞曲的最初音调，挥舞毒药和弹片的魔鬼舞，激动人心的热情舞蹈，每一颗心都在燃烧，在夜间尖叫。

在高地上，在春天的夜晚，我独自一人在鲸鱼的大躯体内倒挂着，我的眼睛里满是鲜血，我的头发像蛆虫一样白。一个肚皮，一个尸体，鲸鱼的大躯体像熄灭的太阳底下的胎儿一般腐烂。男人和虱子，男人和虱子，一个连续不断的行列，走向蛆虫堆里。这是耶稣歌唱的春天，他嘴里塞着海绵，法国佬在跳舞。没有生锈的痕迹，没有忧郁的污渍。在疯狂的黑色之梦中，脑袋垂在大腿根之间，过去慢慢下沉，形象呈球形和链形。在每一个子宫里，铁蹄嘚嘚地猛跑，在每一座坟墓里都有空子弹壳的呼啸。子宫，弹壳，在子宫的窟窿中，一个十足的白痴正在采毛茛花。现在人与马成一体移动，柔软的手，偶蹄。他们不断行进，眼球红红的，马鬃像烈火一般。春天带着大雨滂沱的咆哮，在夜间到来。随母马的双翼而来，母马的鬃毛飞舞，鼻孔冒烟。

在科兰古街上，墓地的桥上面，正下着一场柔和的春雨。在我下方是白色的小教堂，那里埋着死人。桥上笨重的格子形构造投下一块破破烂烂的阴影。草地上冒出青草，现在看上去比白天更绿——一种闪烁着马力、克拉，颜色鲜艳的草。在科兰古街上走得更远一些，我遇见一男一女。那女的戴一顶草帽。她手里拿一把伞，但是没有打开它。当我走近她时，听到她说："这是一个阴谋①！"我想到 combinaison 的意思就是内衣，便竖起耳朵，但她说的是一种不同的意思，马上毛皮就飞了起来。现在我明白伞为什么老是合着了。"阴谋！"她尖叫，接着她开始使劲挥舞那把伞。男的那可怜家伙所能说的一切就是："不，小宝贝，不！"

这一小小的场面给予我强烈的快感——不是因为她正不断地用伞抽他，而是因为我忘记了 combinaison 的其他意思。我看向我的右边，那儿的一条倾斜的街道上，正是我始终在寻找的巴黎。你也许认识巴黎的每一条街，却不认识巴黎，但是当你忘记了你在什么地方，天上下着毛毛细雨的时候，在无目的的漫游中你会突然来到你在睡梦中一再走过的街道，而这就是你现在正经过的那条街。

正是沿着这条街，我度过了一天，并看见一个男人躺在人行道上。他手臂张开着仰面躺在地上——好像他刚从十字架上被抬下来。没有一个人走近他，没有一个人，去看看他是死是活。他仰面平躺在地上，双臂张开，身子一动不动。当我走近这个人的时候，我让自己放心：他没有死。他沉重地呼吸着，有一滴烟草汁正从他嘴上滴下来。在我到达拐角的时候，我停下来看看会发生什么事情。我还没来得及拐过去，就有一阵笑

① 原文为法文 combinaison，既有"阴谋"之意，也可指"内衣"。

声灌进我的耳朵。突然之间，每家门口、每个商店门前都拥挤不堪。整条街在一眨眼的工夫中变得生气勃勃。男男女女们都双手叉腰站着，眼泪从脸颊上滚滚而下。我从人群中挤过去，他们都围在人行道上躺着的那个人周围。我无法理解这种突发性兴趣的理由，这种突如其来的欢闹。最后我挤了进去，又站在那个人的身体旁。他像以前一样仰面躺着。有一只狗俯身站在他旁边，狗尾巴欢快地摇来晃去。狗鼻子埋在那个人敞开的裤裆里。这就是每个人都在如此欢笑的原因。我也试着欢笑，可我不能。我变得很悲哀，极其悲哀，比我一生中的任何时候都悲哀。我不知道是什么东西支配了我……

爬上这条倾斜的街道，现在我记起了所有这一切。事情就发生在路对面的肉店门前，就是有着红白相间遮阳篷的那一家。我穿过马路，在那潮湿的铺石路上，就在另一个男人躺过的地方，现在有一个双臂张开的男人的身体。我走近去好好看一眼他。是同一个人，只是现在他的裤裆是扣上的，而且已经死了。我弯下腰去真正确认这是同一个人，而且他已经死了。在真正确认以后，我站起身来走开了。在拐角处我停了片刻。我在等什么呢？我金鸡独立式地站着，指望再次听到那阵我记得如此清楚的笑声。鸦雀无声。看不见一个人影。除了我自己和那个躺在肉店门前的死人，街上荒无人烟。也许这只是一场梦。我看看路牌，想知道这是否是我所知道的街名，我的意思是，一个如果我醒着就会认出来的街名。我摸了摸身边的墙，从贴在墙上的招贴画上撕下一个小条。我把小纸条在手里拿了一会儿，然后揉成一小团，扔进了沟里。它弹跳着掉进了发出微光的污水里。我显然不是在做梦。我刚让自己放心，我是醒着的，立刻就有一种冷酷的恐惧感支配了我。如果我不是在做梦，那么我就是疯了。更糟糕的是，如果我疯了，我就绝不能证明我是在做梦还是醒着。但是也许不必证明任何东西，我一转念，又感到放心。我是唯一知道这种情况的人。我是唯一有疑虑的人。我越想这个问题，就越确信，使我烦恼的问题并非我是在做梦还是疯了，而是这个人行道上的人，这个双臂张开的人是不是我自己。如果可能在梦中或在死后离开肉体，那么也许就可能永远离开肉体，漫无止境地飘游，没有肉体，解脱，一个无名的正身，或者一个未验明正身的名字，一个无所属的灵魂，对一切都无动于衷，一个不朽的，也许无法收买的灵魂，像上帝一样——谁能说不是这样呢？

我的身体——它所知道的地方，这么多地方，都如此奇怪，同我毫无关系。英雄埃阿斯抓住我的头发，把我拖过遥远地方的遥远街道——疯狂的地方……魁北克、丘拉维斯塔、布朗斯维尔、叙雷讷、蒙特卡洛、切尔诺维茨、达姆施塔特、卡纳西、卡尔卡松、科隆、克利希、克拉科夫、布达佩斯、阿维尼翁、维也纳、布拉格、马赛、伦敦、蒙特利尔、科罗拉多斯普林斯、英皮里尔城、杰克逊维尔、夏延、奥马哈、图森、蓝地、塔拉哈西、沙莫尼、绿点、天堂角、洛马角、达勒姆、朱诺、阿尔勒、迪耶普、艾克斯拉夏佩勒、普罗旺斯地区艾克斯、勒阿弗尔、尼姆、阿什维尔、波恩、赫基默、格伦代尔、泰孔德罗加、尼亚加拉瀑布、斯帕坦堡、的的喀喀湖、奥西宁、达纳莫拉、纳拉甘西特、纽伦堡、汉诺威、汉堡、伦贝格、尼德尔斯、卡尔加里、加尔维斯顿、檀香山、西雅图、奥泰、印第安纳波利斯、费尔菲尔德、里士满、奥兰治法院、卡尔弗城、罗切斯特、尤蒂卡、派恩布什、卡森城、绍斯霍尔德、蓝角、华雷斯、米尼奥拉、斯普依顿杜依维尔、波塔基特、威尔明顿、库根悬崖、诺思比奇、图卢兹、佩皮尼昂、丰特内欧罗思、威德康英德莫尔、莫比尔、卢夫西恩……在每一个这样的地方，我都会遇到一些事情，一些性命攸关的事情。在每一个这样的地方，我都在人行道上留下一具手臂张开的尸体。每一次我都弯腰好好看一看我自己，让我自己放心，这身体不是活的，我留下的不是我，而是我自己。*我继续走——走啊走，走啊走*。我仍然在走，我活着，但是当雨下了起来，我开始无目的地漫游的时候，我听到我一路上像剥皮般剥掉的那些死亡自我的当啷声。我问自己——*接下去怎么办？*你也许以为身体的承受力有限，可它是无限的。身体高高凌驾于痛苦之上，以至于当一切都被杀光的时候，总还会留下一片脚指甲或一团毛发，从中长出新生物，正是这些不朽的新生物永远留存下来，因而在你绝对死去、完全被忘却的时候，你的某些细小部分仍在生长，即使过去将来时完全不存在，现在也还是有某些小小的部分活着，生长着。

正是这样，有一天下午我站在卢夫西恩小站外面的炙人阳光中，一小部分的我活着，生长着。这是广播上传来老一套报道的时刻——按他们的说法是空中传播。车站路对面小餐馆里藏着一架机器，机器里藏着一个人，这个人身体里藏着一个声音。这是一个十足白痴的声音，它说——美国制罐公司……美国电话电报公司……它是用法语说的，听起来更是白痴味十足。美国制罐公司……美国电话电报公司……然后突然，就像雅各登上金梯的时候一样，天堂的所有声音突然迸发出来。有如光秃秃的大地上喷出的一股泉水，整个美国的图景涌现出来——美国制罐公司、美国电话电报公司、大西洋和太平洋电信服务公司、美孚石油公司、联合雪茄公司、约翰神父、萨柯和万泽蒂案件、纳贝斯克公司、海滨航空公司、萨波利奥牌肥皂、尼克·卡特、特利克西·弗利甘萨、《狐狸爷爷》连载漫画、金粉双生子牌肥皂、汤姆·夏基、瓦勒斯卡·苏拉特、海军准将施莱、米莉·德·利昂、西达·巴拉、罗伯特·E.李、小尼莫、莉迪亚·平卡姆、杰西·詹姆斯、安妮·奥克莉、戴蒙德·吉姆·布雷迪、施利茨-密尔沃基、海普·圣路易斯、丹尼尔·布恩、马克·汉纳、亚历山大·道伊、纳辛夫人、玛丽·贝克·埃迪、波卡洪塔斯、法蒂·阿巴克尔、露丝·斯奈德、莉莲·拉塞尔、斯莱丁·比利·沃森、奥尔迦·尼德索尔、比利·森戴、马克·吐温、弗利曼·克拉克、约瑟夫·史密斯、战斗的纳尔逊、艾梅·桑普尔·麦克弗森、霍拉斯·格里利、帕特·鲁尼、佩罗纳、约翰·菲利普·苏萨、杰克·伦敦、贝勃·鲁斯、斯托夫人、艾尔·卡彭、亚伯·林肯、布里格姆·扬、瑞普·凡·温克尔、《疯狂猫》、利吉特和梅尔烟草公司、《霍尔鲁姆男孩》、霍恩和哈达特餐饮公司、福勒牙刷公司、《捣蛋鬼》连载漫画、忧郁男子、托马斯·爱迪生、水牛比尔、黄孩子、布克·T.华盛顿、乔尔戈什、亚瑟·布里斯班、亨利·沃德·比彻、欧内斯特·赛顿·汤普森、玛吉·彭内蒂、白箭口香糖、瑞摩斯大叔、斯沃博达、大卫·哈伦姆、约翰·保尔·琼斯、粒状麦粉、阿奎纳多、奈尔·布林克利、贝西·麦考伊、托德·斯隆、弗里奇·谢夫、拉夫加多·赫恩、安娜·赫尔德、小伊娃、欧米迦石油、马克辛·埃利奥特、奥斯卡·哈默斯坦、博斯托克、史密斯兄弟、兹比斯科、克拉拉·基姆勃尔·扬、保罗·里维尔、塞缪尔·冈珀斯、马克斯·林德、艾拉·威勒·威尔考克斯、“花冠”牌香烟、昂卡斯、亨利·克莱、伍尔沃思、帕特里克·亨利、克雷莫、乔治·C.提尔尤、远射程大炮、克里斯蒂·马修森、阿德琳·基尼、理查德·卡尔、伍长甜烟丝、派克和梯尔福特公司、珍妮·伊格尔斯、芳妮·赫斯特、奥尔迦·佩特洛娃、耶鲁汤尼工厂、泰利·麦戈文、旧金山、玛丽·卡希尔、詹姆斯·杰克逊·杰弗里斯、胡萨托尼克河、佩诺布斯科特河、伊万杰琳、西尔斯-罗巴克公司、意式凉菜拼盘、幻想世界、P.T.巴纳姆、月宫公园、海华沙、比尔·奈、帕特·麦凯伦、狂野骑兵、米夏·埃尔曼、大卫·贝拉斯科、法拉格特、毛猿、明尼哈哈、箭领、日出、旭日、谢南多厄河、杰克·约翰逊、《街角的小教堂》、凯布·凯勒威、伊莱恩·哈默斯坦、基德·麦考伊、本·阿密、韦达、《淘气小不点》、帕蒂、尤金·V.德布兹、特拉华和拉克万纳西方铁路公司、卡洛·特瑞斯卡、恰克·康纳斯、乔治·艾德、艾玛·戈尔德曼、坐牛[①]、保

① 坐牛(1831—1890):美国印第安人部落首领,曾领导印第安人反抗白人入侵。

罗·德雷斯勒、儿童片、休伯特博物馆、“巴姆”酒吧、弗洛伦斯·米尔斯、阿拉莫、孔雀巷、香盒道、淘金热、羊头湾、“压制者”刘易斯①、米米·阿古利亚、理发店四重唱、鲍比·沃索尔、“无痛”帕克②、莱斯利·卡特夫人、警务报、卡特的肝病小药丸、巴斯塔诺比公司、保罗和乔公司、威廉·詹宁斯·布赖恩、乔治·M.科汉、维韦卡南达先生、萨达基奇·哈特曼、伊丽莎白·格利·弗林、莫尼特号和梅里麦克号之战、出租车司机斯纳菲、多萝西·迪克斯、阿马托、伟大的西尔维斯特、乔·杰克逊、邦妮、埃尔西·贾尼斯、艾琳·富兰克林、《比尔街蓝调》、泰德·刘易斯、葡萄酒、《女人与歌》、蓝标签番茄沙司、比尔·贝利、锡德·奥尔科特、《在暮色中,吉纳维芙》和《遥远的沃巴什河岸》……

美国的一切一下子全涌现出来。每一个名称都联系着我生活中上千个熟悉的细节。在街上,从我身边经过的法国人当中有谁会猜想到我内心携带着一本名称的词典,而每一个名称都包含着一次生与一次死呢?当我凝神走在街上的时候,哪个法国佬知道我是走在什么街上呢?他知道我正走在中国长城里面吗?没有任何东西记录在我的脸上——既没有痛苦,也没有欢乐;既没有希望,也没有绝望。我带着一副苦力的面孔走在街上。我看见山河破碎,家园荒芜,家庭四分五裂。我走过

① 即埃德·刘易斯(1891—1966),美国职业摔跤手,曾夺得六次世界重量级冠军。

② 即埃德加·帕克(1872—1952),美国著名牙医,实行无痛拔牙。

的每一座城市都杀死了我——不幸如此无边无际，不间断的辛苦如此没完没了。我从一座城市走到另一座城市，在我身后留下了一大串死去的、梆梆作声的自我。但是我自己继续走啊，走啊。我一直听见音乐家们调音……

昨夜我又走过第十四区。我又碰到了我的偶像埃迪·卡尼，这个自我离开以前住的那个地段以来一直未见过的男孩。他又高又瘦，有着爱尔兰式的潇洒。他占据了我的身心。有三条街标志着已知世界的疆界——北第一街、菲尔莫尔街、德里格斯大道。疆界以外是图勒，极北地区。这是圣胡安山、银币自由铸造、匹诺曹、尤尼达的时代。在离沃拉鲍特市场不远的水坞中，停泊着一些军舰。靠着路边有一条狭长的沥青路，可以让骑自行车的人骑到康尼岛去，再骑回来。在每包伍长甜烟丝中都有一张照片，有时候是一个女戏子，有时候是一个职业拳击手，有时候是一面旗。临近傍晚时分，保罗·索尔会把一只锡罐从他家窗户的格条缝里递出来，要求来点儿生泡菜。也是在临近傍晚时分，自负高傲的金发莱斯特·瑞尔顿会从他家里出来，走过面包店门前——这是一件意义十分重大的事情。在南边，是律师、内科医生、政治家、演员的家以及消防站、殡仪馆、新教教堂、脱衣舞酒吧、喷水池；在北边，是锡工厂、铁工厂、兽医诊所、公墓、学校、警察局、停尸房、屠宰场、煤气罐、鱼市场、民主党人俱乐部。我们只害怕三个人——散布福音的老家伙拉姆塞、疯小贩乔治·丹顿、灭臭虫专家多克·马丁。各种类型已清晰可辨：小丑、凡夫俗子、偏执狂、反复无常的人、神秘主义宗教信条传播者、做苦工的人、怪人、酒鬼、说谎者、伪君子、妓女、施虐狂、马屁精、吝啬鬼、盲信者、同性恋者、罪犯、圣徒、好人。詹妮·曼是那些捣蛋鬼争抢的一块肉。阿尔菲·贝查是个无赖。乔·戈勒是个娘娘腔。斯坦利是我的第一位朋友。斯坦利·博罗夫斯基,他是我认出来的第一个“其他”人。他是一个暴戾的家伙。斯坦利不认任何法律,只认他老爹放在理发店店堂后面的皮带。当他老爹用皮带抽他的时候,你隔着几条街都能听到他的尖叫。在这个世界里,一切都是在光天化日下公开进行的。做裤子的裁缝西尔弗斯坦发疯以后,他们把他放倒在他家门前的人行道上,给他穿上拘束衣。他老婆当时还怀着小孩,她怕得要命,竟然就在他旁边的人行道上流掉了小家伙。灭臭虫专家马丁教授在长时间狂饮之后刚刚回家。他上衣口袋里有两只白鼬,其中一只跑出来爬在他身上。斯坦利·博罗夫斯基把那只白鼬赶到沟里去,为此他当时当地就挨了哈利一拳,被打青了眼睛。哈利是马丁教授的儿子,傻头傻脑的。在街对面涂料店上边的小棚子上,维利·曼正把裤子扒下站着,他在玩那玩意儿想好事哩!“不要,”他说,“不要!不要!”消防车来了,把水龙头对准了他。是他的酒鬼老爹报了警。警察来了,几乎把他老爹打死。这时候,在另一个街区,帕特·麦凯伦正站在吧台旁请他的老朋友们喝香槟。日场演出刚刚结束,“巴姆”脱衣舞酒吧里的女戏子和她们的水手朋友成群结队地涌到后屋。疯乔治·丹顿正推着车在街上走,一手拿鞭子,一手拿《圣经》。他扯着最高的嗓门发疯地喊叫“这些事你们既做在我这弟兄中一个最小的身上，就是做在我身上了”①，以及诸如此类的废话。戈尔曼太太穿着脏晨衣站在门口，奶子一半露在外面，嘟哝着“啧，啧，啧！”她是北边卡洛尔神父教堂的教徒。“早成（晨）好，神父，今天早成（晨）天气好极了！”

正是在这天晚上，吃过饭以后，我又想起了这一切——我指的是那些音乐家以及他们正在准备的舞曲。我们当时为我们自己——卡尔和我，准备了一次小小的宴席。一顿完全由美味食品构成的晚餐：萝卜、黑橄榄、西红柿、沙丁鱼、奶酪、犹太式面包、香蕉、苹果沙司、几升十四度的阿尔及利亚葡萄酒。室外很暖和很安静。我们吃完饭坐在那里，心满意足地抽着烟，几乎快要睡过去了。饭是那样香，坐在硬硬的椅子上是那样舒服。天色渐暗，屋顶周围静悄悄的，好像房子本身正安静地透过缝隙呼吸着。像许多傍晚一样，我们在沉默中坐了一会儿以后，房间里几乎全黑了，他突然开始谈起他自己，谈起过去的某件事，这事在傍晚的寂静与幽暗中开始成形显现，它不是能精确地用语言表达出来的，因为他传达给我的东西是无法用语言表达的。我认为我听到的根本不是语言，而是他发出的音乐——一种透过阿尔及利亚葡萄酒、萝卜、黑橄榄而传来的木质的甜蜜音乐。他在谈论他母亲，谈论从她子宫里出来，然后是他的弟弟妹妹，然后战争来临，他们让他射击，他不能射，然

① 该句出自《新约全书》中《马太福音》第二十五章。

后战争结束,他们打开监狱、疯人院以及一切一切的大门,他像小鸟一样自由。究竟是如何这样滔滔不绝地倾吐的,我已经记不清了。我们在谈论着《风流寡妇》,谈论着马克斯·林德,谈论着维也纳的普拉特——然后我们突然置身于日俄战争之中,见到了克劳德·法雷尔在《战斗》中提到的那个中国人。书中说到的关于那中国人的事情一定已经沉积在他的心底,因为当他又张开嘴,谈起他的母亲、她的子宫、战争来临、像小鸟一样自由时,我知道他又回到了遥远的过去,我几乎不敢呼吸,就怕让他又清醒过来。

我听到他说像小鸟一样自由,随之,大门打开,其他人跑出来,大家都免于受罚,并且都由于监禁和等待战争结束的紧张心情而有点儿发傻。当大门打开的时候,我又回到了街上,在房子门前的台阶上我的朋友斯坦利坐在我旁边,我们晚上就在那里吃酸面包。街那边是卡洛尔神父的教堂。现在又到了傍晚,正响着晚祷的钟声。卡尔和我在逐渐增加的幽暗中面面相觑,相安无事。我们正坐在克利希,战争结束很久了,但是另一场战争正在来临。它就在那里的黑暗中,也许正是这黑暗使他想起他母亲的子宫。夜深了,你独自一人站在外面,无论夜变得多么可怕,你必须独自一人站在那里接受它。"我不要去参加战争,"他说,"妈拉巴子,我才十八岁啊!"正在此时,一台留声机开始放起音乐,这是《风流寡妇》华尔兹。外面的一切都如此沉寂,如此静谧——就像在战前那样。斯坦利正在门前台阶上对我窃窃私语——谈论上帝,天主教的上帝。碗里有一些萝卜，卡尔在黑暗中大声咀嚼着这些萝卜。“无论你有多么穷困，活着总是那么美好。”他说。我勉强能看清楚他伸手到碗里，抓起另一根萝卜。活着是那么美好！他说着，把萝卜塞进嘴里，好像要使自己相信，他仍然活着，像小鸟一样自由。现在整条街道都像小鸟一样自由，在我心中嘁嘁喳喳。我又看见了那些后来脑袋被炸掉、肠子被刺刀挑出来的孩子们——像阿尔菲·贝查、汤姆·福勒、约翰尼·邓恩、西尔维斯特·戈勒、哈利·马丁、约翰尼·保罗、埃迪·卡尼、莱斯特·瑞尔顿、乔吉·曼、斯坦利·博罗夫斯基、路易斯·庇罗沙、罗比·希斯洛普、埃迪·戈尔曼、鲍勃·马洛尼那样的男孩。来自北边的男孩们和来自南边的男孩们——所有人都滚入一个大粪堆，他们的肠子还挂在铁丝网上。只要有一个人幸免于难也好啊！可是不，一个也没有！就连了不起的莱斯特·瑞尔顿也不能幸免。整个过去全被抹去了。

活着，并且像小鸟一样自由，这有多么美好。大门敞开，我想去哪里就去哪里漫游。然而埃迪·卡尼在何方？斯坦利在何方？

这是耶稣歌唱的春天，他嘴里有海绵，青蛙在跳舞。在每一个子宫里，铁蹄奔腾；在每一座坟墓里，空弹壳咆哮。由令人厌恶的痛苦构成的墓穴，满是天使蛆虫，悬挂在天幕垂罩的子宫上。在这鲸鱼的最后肉体内，整个世界变成了一个流脓的疮。当接下来喇叭吹响的时候，这就像揿按钮一样：第一个人倒下去的时候，他将推倒下一个人，下一个推倒再下一个，就这样一连串地倒下去，从纽约到长崎，从北极到南极，在全世界各个地方都是这样一个接一个地倒下去。当人倒下去的时候，他将推倒大象，大象将推倒母牛，母牛将推倒马，马将推倒小羊，一切都将倒下，一个在另一个之前，一个在另一个之后，就像一排被风刮倒的锡制玩具兵。世界将像一个罗马焰火筒一般熄灭，连一片草叶也不会再长出来。吃了致死的剂量，再也不会醒过来。宁静的夜。没有呻吟，也没有窃窃私语来破坏这种宁静。一种柔和而浑然一体的黑暗，一种听不见的振翅飞翔。

脱衣舞酒吧

现在斯海弗宁恩[①]的宁静起着一种麻醉剂的作用。

站在吧台旁边看着那一颗门牙也没有的英国娘儿们，我突然回想起：请勿随地吐痰！它就像梦一般回到我这里：请勿随地吐痰！这是在皮嘉尔街的弗莱迪酒吧，一个长着女里女气手指的男人，穿着袖子宽松的白色丝绸衬衣，刚扭完了“再见，墨西哥！”她说她现在不做什么事情，只是到处游荡。她来自大广播公司，患了口蹄疫。她不断来来回回地穿过珠帘去上厕所。竖琴弹得棒极了，就像天使在你的啤酒里撒尿。她有一点儿醉了，同时又竭力装作贵妇人的样子。我口袋里有一封一个荷兰疯子寄给我的信；他刚从索非亚回来。“星期六夜里，”信上说，“我只有一个心愿，这就是让你坐在我的旁边。”（他没有说在哪

① 荷兰最著名的海滨度假胜地，临北海，是海牙市的组成部分。

里。)“我现在能够写信告诉你的唯一事情是这样的——在离开喧嚣忙乱的纽约之后，一个像斯海弗宁恩这样的小城的宁静起着一种麻醉剂的作用。”他在索非亚过得很痛快，爱上了那里皇家歌剧院的首席女歌手。他说，这给了他真正的放荡名声，颇得索非亚舆论的恩宠。他说他打算退出，重新开始一种严肃的生活——在斯海弗宁恩。

我整个晚上都没有看一眼那封信，但是当那英国娘儿们张开嘴，我看见她一颗门牙也没有的时候，我回想起来了——请勿随地吐痰！我们正走过犹太人居住区，那荷兰疯子和我。他穿着送信人的制服。他已经送完了所有的电报，下了班来消磨晚上的剩余时间。我们朝皇家咖啡馆走去，为的是坐下来安静地喝上一两杯啤酒。我允许他坐下来和我一起喝啤酒，因为我是头儿。此外，他也下班了，他可以在业余时间爱干什么就干什么。

我们正沿着第二大道朝北走去时，我突然注意到一个店家的橱窗里有一个由灯光照亮的十字架，上面写着：无论谁相信，谁就不会死……我们走到里面，一个男人正站在台上说：“鲍威尔小姐，你准备好一首歌！现在来，兄弟们，谁来做见证？行。赞美诗第七十三首。会后，我们大家都去看望失去亲人的姐妹布兰查德太太。让我们站起来唱赞美诗第七十三首《主让我站得更高》。就像我刚才所说，当我看见高空作业工人为我们把新尖顶油漆得漂漂亮亮的时候，这古老熟悉的赞美诗句就涌到了我的嘴边：主让我站得更高。”

这地方很小,到处都是标语牌:“主是我的牧羊人,我将不会贫穷”,等等。最突出的标语牌是圣坛上的那一块:请勿随地吐痰。他们都在唱赞美诗第七十三首,庆祝新尖顶落成。我们站得更高,因而墙上的标语牌我看得很清楚,尤其是圣坛上的那一块:请勿随地吐痰。鲍威尔教友正砰砰地弹奏管风琴,她看上去纯洁而超凡入圣。台上那个男人唱得比别人更响亮,虽然他背得出歌词,但他却将赞美诗集举在面前,按音符歌唱。他看上去像一个替代正常布道者的铁匠。他唱得非常响,非常认真。在两首圣歌的间歇,他尽他的最大努力让人们来做见证。不时有一个尖声尖气的男人说:“我赞美上帝拯救我们的无比威力!”

阿门!荣耀!荣耀!哈利路亚!

“现在来,”铁匠吼道,“谁来做见证?你,伊顿兄弟,你来做见证吧!”伊顿教友站起来庄严地说:“他以代价换得了我。”

阿门!阿门!哈利路亚!

鲍威尔教友正用手绢擦手。她的动作超凡脱俗。她擦完手后茫然望着面前的墙壁。她看上去好像主刚给她涂了圣油。非常超凡入圣。

以代价换来的伊顿教友正安静地交臂坐着。铁匠解释说,伊顿兄弟是以耶稣自己流在十字架上、流在骷髅地的宝贵鲜血的代价换来的。他想再让一个人来做见证。另一个人,请!他解释说,一会儿之后我们全体一起去向布兰查德教友的宝贝儿子告别,他昨夜去世了。现在来,谁来做见证?

一个发抖的声音:"各位,你们知道我并不十分喜欢做见证。但是有一首诗我感到非常亲切……非常亲切。这是《歌罗西书》第三章。只管站住,看耶和华的救恩。[1] 教友们,请站着别动,静一下。什么时候试一试。跪下试着想念**他**。试着聆听**他**。让**他**来说话。教友们,这使我感到非常亲切——《歌罗西书》第三章。只管站住,看耶和华的救恩。"

听!听!荣耀!赞美主!哈利路亚!

"鲍威尔教友,你准备另一首歌!"他擦了下脸。"在我们去向布兰查德教友的宝贝儿子告别之前,让我们大家一起再唱一首赞美诗:《耶稣是我亲爱朋友》!我猜想大家都熟记于心。各位,如果你们没有沐浴过耶稣的血,那么无论你们的名字在这世界上被记录在多少书中都没有关系。不要拖延**他**!今晚就到**他**那里去,各位……今晚!现在来,大家一起唱——耶稣是我亲爱……赞美诗第九十七首。在我们全体一起去布兰查德教友家之前,让每一个人都站起来唱。现在来,赞美诗第九

① 该句实际出自《出埃及记》第十四章,并非《歌罗西书》第三章。

十七首……耶稣是我亲爱朋友……”

一切都安排妥当。我们全体都将去向布兰查德教友死去的宝贝儿子告别。我们所有的人——歌罗西人、法利赛人、卑鄙小人、流氓、沙哑的女高音歌手——全体都去告别。我不知道那需要一杯啤酒的荷兰疯子遇到了什么事。我们都到布兰查德家去，我们全体——裘克斯家族[1]和卡利卡克家族[2]，赞美诗第七十三首和请勿随地吐痰！普里查德兄弟，请把灯关上！鲍威尔姐妹，你准备一首歌！再见，墨西哥！我们将去布兰查德教友家。去站得更高。这里少了一只鼻子，那里少了一只眼睛。不平衡的、稀黏液的、乖戾的、甜蜜的、超凡入圣的、卑劣的、疯狂的一切。大家全体都去把尖顶油漆得漂漂亮亮。大家都是耶稣的朋友。大家都站住看耶和华的救恩。伊顿教友去募捐，鲍威尔教友擦去墙上的痰迹。一切都是以代价换来的，一支好雪茄的代价。现在斯海弗宁恩的宁静起着一种麻醉剂的作用。所有电报都送出去了。对于那些宁愿要火化的人，我们将有非常漂亮的壁龛来放骨灰盒。布兰查德教友死去的宝贝儿子躺在冰上，他的脚趾正在发芽。陵墓提供了一个地方，好让家人和朋友们并排躺在一个雪白的隔间里，离地面很高，很干燥，那里既不会有水，有潮气，也不会有霉菌侵入。

坐在一辆黄色的出租汽车里朝国家冬日花园开去。斯海

① 用于社会学假想的一个杜撰家族姓氏，代表疾病、贫穷和犯罪。
② 用于社会学假想的一个杜撰家族姓氏，代表低智力。

弗宁恩的宁静正在对我产生效应。到处都是音乐般的书信,上帝拯救我们的无比威力受到赞美。到处都是黑色的雪,到处都是长虱子的黑头发。**看这橱窗里的九成新便宜货! 必须腾空!** 荣耀! 荣耀! 哈利路亚!

贫穷穿着皮大衣到处走。土耳其浴盆,俄国浴盆,坐浴浴盆……浴盆,浴盆,却没有清洁。克拉拉·鲍正在表演"巴黎式的爱"。雅各布·戈尔丁的幽灵悄悄走在浸透鲜血的冻土带上。圣马可教堂看上去像蟑螂一样快活,它的墙香甜甜的,画着一个冰激凌。**桥梁工程……合理的价格**。莫斯科维茨正在弹扬琴,扬琴正在弹列夫·托尔斯泰的冷藏牛臀肉,列夫·托尔斯泰现在变成了一个素餐馆。整个星球都里朝外翻了出来,构成肉赘、丘疹、黑头粉刺、粉瘤。医院全部翻新,免费入院,从边门进。所有那些受苦的人,所有那些疲惫不堪、负担沉重的人,每一个患了严重湿疹、口臭、坏疽、水肿的狗娘养的,请记住,封好,并盖上章,边门是免费的。你们大家都来! 来,你们这些流鼻涕的卡利卡克人! 来,你们这些惹人嫌的法利赛人! 来,把你们的内脏以低于普通土葬的代价刷新一下吧! 来,就在今晚! 耶稣需要你。来吧,免得太晚——我们七点十五准时关门。

克利奥每天晚上跳舞!!

诸神的宠儿克利奥每天晚上跳舞。妈妈,我来了! 妈妈,我要得到拯救！我正顺着梯子往上走，妈妈。

荣耀！荣耀！《歌罗西书》！《歌罗西书》第三章。

一切神圣者之母，现在我在天堂里。我站在站票观众后面，他们站在代表zebra（斑马）的Z后面。主教派教区长正拿着一截断掉的直肠站在教堂的台阶上。它说：**禁止停车**。明斯基兄弟们正在票房里梦见香农河。百代新闻片像中空的肉豆蔻一般发出咔嗒咔嗒的声音。在喜马拉雅山，和尚们半夜爬起来，为所有那些睡觉的人祈祷，以便全世界的男人和女人早上醒来时，可以带着纯洁、仁慈、勇敢的念头开始新的一天。世界在回顾：圣莫里茨，上阿默高剧团，俄狄浦斯王，松狮犬，旋风，泳装美人。我心灵宁静。如果我有一杯啤酒、一块火腿三明治，我会把耶稣看作多么亲爱的朋友啊！总之，幕正在升起。莎士比亚说得对——*重要的是表演！*

现在，女士们先生们，幕正在升起，这是西半球上演的最时髦、最放纵的表演。幕在升起，女士们先生们，这就亮出那些解剖学上分别称之为上腹部、脐侧、下腹部的部分。这些精选的部分，标价一美元九十八美分，以前还从未给美国观众亮过相。犹太国王明斯基已经把它们引进来，尤其是从和平街。这是纽约最时髦、最放纵的表演。现在，女士们先生们，由于引座员忙着喷香水，熏房子，我们就来分发一些法国明信片，每一张都保证是真的。随着每一张明信片，我们也分发一个真正的德式手制显微镜，这是日本人在苏黎世制造的。女士们先生们，这是世界上最放纵、最时髦的表演。犹太国王明斯基自己这样说。幕在升起……幕在升起……

在黑暗的掩护下，引座员正喷着死虱子和活虱子、虱子窝、虱子卵，它们埋在那些没有私人浴室的人的浓密黑鬈发中，那些纽约东区可怜巴巴、无家可归的犹太人，他们贫穷而绝望，穿着皮大衣到处奔走，兜售火柴和鞋带。外面就像乎日广场、秣市市场或科芬园[①]一样，只是这些人相信——伯勒斯加法机。太平梯上挤满了大肚子女人，她们用自行车打气筒使自己的肚子鼓起来。纽约东区所有那些贫穷而绝望的犹太人都很高兴坐在太平梯上，因为他们正一只脚跷在云端里吃火腿三明治。幕布喷着甲醛味升起，带有白箭口香糖的甜味，五分钱一包。幕升起来，亮出人体解剖学中唯一少说为佳的那一部分。在暮年，当爱情是一团余烬的时候，记起星条旗在人体解剖学的上腹、下腹、脐侧部位的铁片部分飘过，这是很让人伤心的。明斯基正在票房里做梦，他的脚放在更高的地面上。上阿默高剧团正在别的什么地方演出。松狮犬正在洗澡，洒香水，准备做第一流的表演。布兰查德教友正坐在摇椅上，子宫下垂。年纪大了，身体枯萎——但是疝气可以治好。从太平梯上往下看，人们可以看见一望无际的美丽风景，与塞尚画的一样——有瓦楞

---

① 伦敦中部一个蔬菜花卉市场。

垃圾箱、生锈的开罐器、破旧婴儿车、锡制浴盆、铜水壶、肉豆蔻磨碎器、小心翼翼地保存在玻璃纸里的被咬过几口的动物饼干。这是从和平街远道带来的世上最放纵、最时髦的表演。你有两种选择——一个是朝下看，一直看到黑色深渊里；另一个是朝上看，看到阳光中复活的希望在星条旗上方飘动。每一个都保证是真的。只管站住，各位，看耶和华的救恩。克利奥今晚以及本周的每个晚上都跳舞，价格低于普通的土葬。死亡正爬行过来，像三叶草的一根小枝。舞台像电椅般闪闪发光。克利奥来了。克利奥，诸神的宠儿，电椅女王。

现在斯海弗宁恩的宁静起着一种麻醉剂的作用。幕升起来，看《歌罗西书》第三章。克利奥从夜的子宫里出来，肚子鼓鼓的，全是阴沟气。荣耀！荣耀！我正爬上梯子。从夜的子宫里升起了古老的布鲁克林大桥，一个在泡沫和月光中蠕动的呆滞的梦。一种刮擦铁片的嗡嗡声和嗞嗞声。一种绿玉髓的光辉，石脑油的摇曳火焰。夜是寒冷的，人们挤得紧紧地朝前走。夜是寒冷的，但是女王一丝不挂，只有一个下体护身。女王在电椅的冷却灰烬上跳舞。犹太人的宠儿克利奥正用她涂了指甲油的指甲尖跳舞；她眼睛转动着，耳朵里充满了血。她正以合理的价格在整个寒冷的夜晚跳舞。她这个星期每天晚上将跳舞，为白金桥开路。哦，诸位，在“我歌唱人们”①后面，在十

① 古罗马诗人维吉尔的史诗《埃涅阿斯纪》中的一句话。

二进制和海滨航空公司的后面，站着坦慕尼协会[①]的女王。她赤脚站着，肚子里满是阴沟气，鼓鼓的，她的肚脐发源于心脏收缩的六韵步诗行。女王克利奥比最纯的沥青还纯，比最温暖的电还温暖，女王克利奥，诸神的宠儿，在电椅的石棉座上跳舞。早晨，她将动身前往新加坡、莫桑比克、仰光。她的三桅帆船停在沟里。她的奴隶们正同虱子一起爬行。深陷在夜的子宫里，她随拯救之歌翩翩起舞。我们全体都去男厕所，往高处站。去男厕所，那里卫生、干燥，像教堂墓地一样伤感。

现在，当幕布降下来的时候，请想象一下，这是一个暖和的晴天，蛤蜊的味道从海湾传来。你穿着水泥套装和金色后跟的短袜，健步行走在大西洋沿岸地区，满耳是炒杂碎店的吼叫。伟大的白色大道[②]炫耀着人间精华。公共厕所开放。你试图坐下来而不撑破你裤子的裤缝。你在纯沥青上坐下，让孔雀使你的喉咙发痒。沟里流着香槟酒。唯一的气味是从海湾传来的蛤蜊味。这是一个暖和的晴天，所有的收音机都同时播放。你可以有一只安装在屁股上的收音机——只贵一点点。你在步行时可以收听马尼拉或檀香山的广播。你可以吃冰水里的冰，或者同时摘除两个肾。如果你有牙关紧闭症，你可以让人插一根管子在你的直肠里，想象你是在吃东西。只要你愿意，你可以拥有你想要的任何东西。就是说，如果这是一个暖和的晴

① 也称哥伦比亚团，建立于1789年，最初为美国一个全国性的爱国慈善团体，后成为纽约市民主党组织，1934年垮台。

② 指百老汇区。

天，蛤蜊的气味从海湾传来。因为什么？因为美国是上帝造就的最美妙的国家，如果你不喜欢这个国家，你可以他妈的滚出去，你从哪儿来就回到哪儿去。只要你像个人一样要求，世界上没有一件事美国不会为你去做。你会坐在电椅上，在电流被打开的时候，你可以阅读关于你自己被处决的消息；在你等候处决的时候，你可以看一看你自己坐在电椅上的照片。

一场连续演出，从早晨一直到午夜。世上最放纵、最时髦的表演。这么放纵，这么时髦，使你绝望，使你孤独。

我回到布鲁克林大桥，过桥后坐在我出生的那座房子对面的雪地里。一种无边无际、令人心碎的孤独感支配了我。我还没有看见自己站在皮嘉尔街的弗莱迪酒吧。我没有看见那个一颗门牙也没有的英国娘儿们。只有一片空荡荡的白雪，在它的中心是我出生的那座小房子。在这座房子里，我梦想成为一位音乐家。

坐在我出生的房子前面，我感到绝对独一无二。我属于一个管弦乐队，所有的交响乐都不是为这个乐队而写。一切都走调，包括《帕西法尔》在内。关于《帕西法尔》，现在——这只是一个较小的插曲，但是却像那么回事。它同美国，同我对音乐的爱好，同我荒诞的孤独感有关……

有一天夜里站在大都会歌剧院的楼座里。剧院的票已售完，我站在栏杆后面大约三排的地方，只能看到一小块舞台，就连这也是我拼命伸长脖子才做到的。但是我可以听音乐，瓦格纳的《帕西法尔》，我已通过留声机唱片对它有了一点儿了解。

歌剧的有些部分是沉闷的，比曾经写出的任何曲子都沉闷，但是还有其他一些部分很出色。在那些出色部分演出期间，由于我被挤成了沙丁鱼，我遇到了一件令人难堪的事情——我的那玩意儿勃起了。我挤压着的那个女人一定也被圣杯的出色音乐所鼓舞。我们都冲动起来，挤在一起像两条沙丁鱼。在幕间休息期间，那女人离开她站的地点，在走廊上走来走去。我原地待着，很想知道她是否会回到老地方来。当音乐重新响起的时候，她回来了。她以这样一种精确性回到她原来的地方，就是我们结了婚，也不可能比这更完美。在整个最后一幕期间，我们结合在天堂的极乐中。这很美，很崇高，更接近薄伽丘而不是但丁，但是同样崇高，同样美。

坐在我出生地前面的雪地里，我清晰地记起了这个插曲。为什么，我不知道，只知道它将雪、色彩的缺乏、音乐的欠缺同怪诞与空虚、同令人心碎的孤独相联系。人们总是迅速入睡。你以崇高开始，以在小巷里玩着那玩意儿想好事而告终。

例如，星期六下午，在比尔·伍德罗夫的附属商店解开链条。整个下午解开链条，为了挣半个美元。有趣的工作！然后我们全回到比尔·伍德罗夫家，坐下来喝酒。天黑了，比尔·伍德罗夫会拿出看戏用的小型望远镜，我们轮流看院子那边的女人，她常常拉上遮光帘以后脱衣服。看望远镜的事总是使比尔·伍德罗夫的老婆很生气。为了报复他，她会穿着点缀有许多大窟窿眼的睡衣跑出来。他老婆是一个缺乏性感的婊子养的，但是这却给予她极度的快感：她走到他的朋友之一跟前说——“摸我的屁股！摸摸看它变得有多大。”比尔·伍德罗夫假装不在意。“没问题，”他会说，“去摸一摸。她像冰一样冷。”就像那样，她转了一圈，每个人都抓她的屁股，使她热起来一点点。他们俩是一对活宝。有时候你会以为他们互相爱恋，但是她使他很痛苦，老是不让他接近。他常说：“我大约一个月能干她一次——如果我幸运的话！”他常当着她的面这样说。她满不在乎，一笑了之，好像这是一个无关紧要的瑕疵。

如果她只是冷淡倒也罢了，她还贪心。总是要钱。总是渴望得到他们买不起的东西。他心里很烦，这是很容易理解的，因为他自己就是一个贪小利的小气鬼。然而，有一天，他想到一个绝妙的主意。“你要更多的钱，是吗？”他对她说，“那么好吧，我给你一些钱——但是首先你得和我上床。”（那可怜的杂种从来没有想到他可以另找一个真正喜欢上床的女人来睡觉。）嘿，总而言之，令人吃惊的是，每次他多干她一会儿，她就会变得活蹦乱跳。他很吃惊。他没有想到她会把那玩意儿放进身子里。于是，他慢慢开始加班加点，为的是攒下一些买路钱，可以让那性冷淡的婊子养的看上去像个女色情狂。（那可怜的傻瓜，他从来没想到过把钱投到别的女孩子身上。从来没有！）

这时候，朋友们和邻居们发现，比尔·伍德罗夫的老婆并不像她被说成的那样，是一个冷冰冰的人。她好像到处同人睡觉——同张三、李四、王二麻子。她究竟为什么不能给她老公免费多来一下子呢？没有人能理解。她表现得就好像她对他很痛心。事情一开始就是那种样子。无论她是否缺乏性感都没有关系。对他来说,她缺乏性感。要不是因为有人让他事先心中有了数,那她一定会每次同他上床都让他付钱,一直付到他死的那一天。

嘿,他是一个聪明的家伙,这个比尔·伍德罗夫。他是一个最卑鄙无耻的杂种,只会偷鸡摸狗,但必要时他也很聪明。当他听说真情实况时,他一句话也没说,假装事情一如既往。然后有一天夜里,在事情已经到了忍无可忍的时候,他在夜里等着,这是一件他难得做的事情,因为他必须早起,而她则常常很晚回家,但是,这一天夜里,他一直等着她。她一阵风似的飘进来,轻快活泼,扬扬得意,容光焕发,但还是像往常一样冷冰冰的。这时他突然拦住她,问道:"今晚你到哪儿去了?"她当然像往常一样试着编瞎话。"别扯淡了,"他说,"我要你把东西都脱了,滚到床上去。"这使她很难堪。她用婉转的方式表示不想做那种事情。"我猜想,你是没有情绪干那种事。"他说,然后加了一句:"那好极了,因为我正准备给你加一加热呢。"说着,他站起来,把她绑在床架上,塞住她的嘴,然后去找磨剃刀的皮带。在去浴室的路上,他从厨房里抓了一瓶芥末。他拿了皮带回来,把她抽得屁滚尿流,然后他把芥末擦到露出肉来的鞭痕上。"那会让你今天一晚上都热烘烘的。"他说。一边这么说着,他让她弯下腰,把她的两腿分开。"现在,"他说,"我要像往常一样给你付钱。"他从口袋里拿出一张票子,把它揉成一团,塞进她的下体……这就是关于比尔·伍德罗夫的故事,但是在我开始考虑这个故事的时候，我要补充说，他轻快地冲向前去，勇敢地戴着他老婆雅德维加送给他的一顶绿帽子。

所有这一切的目的何在呢？是为了证明还没有被证实的东西，即：

伟大的艺术家是征服了自身浪漫倾向的人。

按代表 rat poison(老鼠药)的 R 归档。

那是怎么回事？你说。

嘿，就是这样……一到要去疯人院看望梅莉亚姨妈的时候，母亲就会做好一顿午饭，一边用餐巾把酒瓶裹起来，一边说："梅勒总喜欢喝一口居默尔香酒。"轮到母亲去疯人院看梅勒的时候，她就对梅勒说，那么，梅勒，你喜欢居默尔香酒吗？梅勒摇摇头说，什么居默尔香酒，我没有看见什么居默尔香酒。所以我老说她发疯哩，我明明给了她居默尔香酒。在梅勒的喉咙里倒上一滴居默尔香酒有什么意义呢？她他妈的什么也不知道，竟然还要吃自己的大粪哩！

如果是一个阳光明媚的日子，我朋友斯坦利受他开殡仪馆的叔叔所托，把一个死胎送到墓地去，我们就会坐渡船到斯塔腾岛去，当自由女神像进入视线的时候，把它扔出船外！如果是下雨天，我们就会走入另一个地段，把它扔在阴沟里。这样的日子，对于阴沟里的老鼠来说，简直是过节。在上面世界的门厅里逃窜的阴沟老鼠现在可遇到了好日子。在那些日子里，一个死胎能给你带来高达十美元的收入。在尽情玩耍之后，我们总是留下一点儿隔夜啤酒第二天早晨喝，因为世界上治宿醉最好的东西就是一杯隔夜啤酒。

我在讲一开始就使我解脱的事情。你在世界之初，在一个同外界隔绝的花园里。天空像堆起的沙丘一般，不是只有一个天空，而是有上百万个天空；每一个行星的外壳都被雕刻成一只眼睛，一只一眨不眨的人眼。你打算写一本漂亮的书，你在书中将记录下给你痛苦和欢乐的一切。这本书写好以后，将叫作《无意识序》。你将用白羊皮把它包装起来，字母全是金子的浮雕。这将是你一生的故事，无须校订。每个人都要读这本书，因为它包含绝对真理，只有真理，没有别的。这是使你在睡梦中欢笑的故事，是当你在舞厅中间突然明白你周围的人没有一个知道你是什么样一个天才的时候，使你滚滚落泪的故事。只要他们能读一读你尚未写就的东西，他们会如何欢笑和哭泣啊！因为每一个词都是绝对真实的，至今为止除你自己以外没有人敢写这绝对真理，这本锁在你内心中的真实的书将使人们欢笑和哭泣，就像他们以前从来没有欢笑过，从来没有哭泣过一样。

从一开始，这就是带来解脱的东西——这本没有人读过的真实的书，这本你在心中携带的书，这本用白羊皮包装、有浮雕式金字的书。在这本书里，有许多你倍感亲切的词句。从这本书中产生了《圣经》、《古兰经》以及所有那些东方的圣书。所有这些书都是在世界之初写的。

现在我来告诉你这些书的技术问题，说一说这本书的产生过程……

当你打开这本书的时候,你会立即注意到其中的图解说明都有一种奇怪的黏液味。你会立即看到,作者为了得到一种后松果体的视觉效果而抛弃了视觉上的幻觉。卷首插画通常是一幅叫作“普拉克苏斯”的自画像,画的是作者穿着紧身内衣站在中脑的边缘。他总是戴厚镜片的眼镜,复曲面透镜式,U-31凸面。在日常清醒的生活中,作者受正常的视力之苦,但是在卷首插画中,他使自己近视,为的是抓住梦中血浆运动的直接性。通过梦中技巧的手段,他剥掉了地质上具有死亡性质的外层,抓住了他真正的有预言能力的自我,一个具有半液体性质的不分层的区域。只有他本性的无定形方面现在具有有效性。通过淹没有形的自我,他潜入他精神分裂的习惯方式的临界点之下。他随心所欲,快乐地在羊水中游泳,一个有着变形虫式自我的人。

但是你会问,他左手中的那只鸟的意义何在呢?

嘿,是这样的:这只鸟是纯形而上的——四个一组类型的渡渡鸟类,背上有一个小孔,它通过这个小孔发表关于所有事物本性的说教。作为一个种类,它已经灭绝了;作为一个幻象,它还保留着它的形体存在——但只在保持平衡状态的情况下。德国人在布谷鸟自鸣钟里使它不朽;在暹罗,它被发现在第二十三王朝的硬币上。你会观察到,翅膀几乎已经萎缩——因为在梦的假僵住症中,它不必飞翔,它只需要想象它在飞翔。鸟嘴的铰合部稍稍出了一点儿问题,因为原先的滚珠轴承在飞越戈壁沙漠的时候丢失了。这鸟肯定不令人讨厌，从没听说它弄脏过它的窝。无论何时它要经历变形的时候，它就下一个有斑点的蛋，大约像核桃大小。它饿的时候就以绝对者为食，但它不是一只食腐肉的鸟。它完全是一只候鸟，尽管翅膀已退化，它却不停地飞过大片想象的土地。

如果这个事情已经很清楚，我们现在可以接下去谈其他事情——例如谈悬在作者左胳膊肘上的独特东西。我必须以应有的谦卑承认，这有一点儿更难于解释，因为这是一个伟大的虚拟之美的形象，它萦绕于后脑的瘢痕组织。首先，你会发现它尽管邻近肘部，但它不是从肘部悬吊下来。它渐近于前臂和上臂的接合处——也就是说，是一个象征而不是一个精确的思想概念。脑海最深处的数字同某种古代北欧字母图案相符，这种图案造成的结果是一种实用的发明物，被称作取自女性祖先的名字。这些数字是所有音乐作曲的根本——作为无法估计的数字运用。这些数字引导大脑回到有机形态，以便结构和形式会维持第一流的永恒逻辑性。

对问题把握到了这样程度以后，让我来补充，背景上的圆锥体必然只能有一种解释：懒惰。不是圣保罗教义做出解释的那种普通懒惰，而是一种间歇性出现的黏液，由过度兴奋所引起。几乎没有必要来详细说明，圆锥体上面的光环不是一个铁圈，甚至也不是一个救生圈，而是一个纯认识论的现象——也就是说，是一种处于土星的忧郁光环中的幻象。

现在，亲爱的读者，我希望你会在我将这幅像归档在代表

petunia(矮牵牛属植物)的P类以前,准备好问我一个问题。没有人愿意在我们再看一眼那张亲切的死人面孔以前来做见证吗?我是听到有人在说话呢,还是一只鞋在嘎嘎作响呢?我好像是听到有人在问什么问题。有人在问我,地平线上的小影子是不是一个侏儒?是那样的吗?伊顿兄弟,是你在问我,地平线上的那个小影子是不是一个侏儒吗?

伊顿兄弟不知道。他说这也许是,也许不是。

嘿,伊顿兄弟,你是对的,你又是错的。错,是因为关于抵押财产的法律不允许劫掠破产者;错,是因为等式由星号保留下来,而这标志却清楚地指示着无限;对,是因为一切错的东西都同不确定有关,而要清除掉死亡物质,一剂灌肠剂是不够的。伊顿兄弟,你在地平线上看到的既不是一个侏儒也不是一顶硬礼帽。这是普拉克苏斯的影子。它缩小,普拉克苏斯就增大。当普拉克苏斯超越第三纪月亮范围的时候,他使自己越来越摆脱地球上的形象。他渐渐放弃自己的有形之像。当最后的幻觉被粉碎的时候,普拉克苏斯不再投射影子。他将站在口头牧歌的第四十九条平行线上,在冷火中消瘦下去。不再会有偏执狂,一切别的东西都均衡。身体将蜕皮,人的器官将骄傲地留在光线中。如果会发生战争,请你按照内脏的占星术意义重新整理内脏。内脏的上方,天正破晓。不再有逻辑,不再有肝脏占卜。将会有一个新的天,一个新的地,人类将得到赦免。*归档在代表 anagogic(神秘解释)的A类。*

大都市疯子

想象一下你手上什么也没有，只有你的命运。坐在你母亲子宫的门阶上，你消磨时间——或者时间消磨你。你坐在那里唱你无法理解的万物赞歌。外边。永远外边。

当甜蜜的死亡喧闹开始时，这个城市是最可爱的。她自己的生活是在无视自然中度过的，她的电，她的电冰箱，她的隔音墙。她一层层地建起她的干砌墙，喷漆的钉子闪闪发光，羽毛飘过波纹状的天空。这里，棺材深处生长着电报送来的不朽之花。在河床下面的墓穴里有金锭。一个云母闪烁的沙漠，电话铃大声响起。

傍晚时分，当死神使脊椎咯咯作响的时候，人群挤得紧紧的，摩肩接踵，这一大群人中的每一位都为孤独所驱使；胸贴胸地朝向自我之墙，灰心丧气，孤立无援，拥挤不堪，都在寻求着通用的开罐器。傍晚时分，当电点缀着人群的时候，整个城市都腾跃起来，砸碎大门。在拥挤中，抽象的人崩溃了，自我苍白无力，在他深沟般的孤独中旋转。

一个深深烙下的名字。一种身份。每一个人都假装不知道，假装不再记得，但是名字是用烙印深深烙下的，在里面很深，就像外面最远的星星。填满所有的时空，创造无限孤独，这个名字扩张，并成为它曾经始终是而且将会始终是的模样——上帝。在人群中，上帝以静悄悄的脚步走动，在拥挤中，比最大的恐慌还要发狂。上帝像人类意识的天空中的一颗星星一样燃烧：野牛的上帝，驯鹿的上帝，人类的上帝……上帝。

除了在无神的人群里，绝不再有上帝。除了在傍晚的拥挤中，绝不再有上帝，这时候脊椎咯咯直响，用死亡电报将爱之歌传遍所有神经细胞，无线电从百老汇大街上的每一家商店以话筒和拾音器，以扩音器和联播网，做出回答。除了在拥挤的人群里，绝不再有孤独，城市里的孤独者为他的发明物所包围，无望的探索者淹没在同一性当中。由于绝望而孤独，缺乏爱，因而建立了最后的要塞，上帝的网状城堡，按照迷宫的方式建成。除了到天堂去，这最后的避难所是无法逃离的。从这里我们飞回家，标出奇怪的无线电波道。

蛆虫结束了他的地下生活，长出了翅膀。他失去了视力、听力、嗅觉、味觉，一头扎入未知之中。远离！远离！远离世界的任何地方！土星，海王星，织女星——无论在哪里或去哪里，只要远离，远离地球！在蓝天上，鞭炮在他屁眼里发出噼噼啪啪的声音，天使蛆虫发了疯。他颠倒着吃喝，他颠倒着睡觉，他颠倒着性交。在最高速的情况下,他的身体轻于空气;在最高速的情况下,只有梦的自发燃烧。他独自在蓝天上飞向上帝,发电机呜呜作响。最后的飞行!在袋子被刺穿以前,最后的诞生之梦。

拼命从无尽的梦魇中朝光亮挣扎前行的人现在在哪里?站在地球表面,两肺衰退,牙缝里咬着一把刀,眼睛爆裂的人在哪里?悲伤和痛苦使他发木,他呆呆地站在上层世界迅速腐败的不断变化之中。用被鲜血浸泡的眼睛来看世界是多么壮丽!人的帝国多么光明,多么血淋淋!人!瞧,他在他的小雪橇上向前滑动,他的腿被截掉,他的眼睛爆裂。你听不到他在演奏吗?他一边坐着小雪橇向前滑动,一边演奏着《爱之歌》。在咖啡厅,坐着另一个人,单独做着他的梦,心脏下方有一把左轮手枪,一个厌恶了爱的人。所有的顾客都走了,只剩下一具戴着帽子的骷髅。这个人独自和他的孤独在一起。左轮手枪沉默着。在他旁边有一只狗和一根骨头,这只狗对骨头来说没有一点儿用处。狗也很孤独。阳光透过窗户照进来,它那可怕的光辉照在失恋者的绿脑壳上。太阳正在腐烂,放射出可怕的光辉。

生命的冬天如此美好,太阳在腐烂,天使屁眼里放着鞭炮,飞向天堂!我们沉思着轻轻走过街道。体育馆都开着,人们可以看到由照图表运动的火炉烟囱管和气缸构成的新人。这些新人将永远不会疲乏,因为零件总是可以替换的。没有眼睛、鼻子、耳朵或嘴巴的新人,关节处是滚珠轴承,脚下是溜冰鞋。

对暴动和革命有免疫力的人。街上多么欢乐，多么拥挤！在地下室的门边站着杀人碎尸者杰克，他正挥舞着一把斧子；教士正登上绞刑台，勃起的那玩意儿撑破了他的裤裆；公证人拿着鼓鼓囊囊的公文包走过；电喇叭发出响亮的尖叫。人们在他们新发现的自由中欣喜若狂。一个永久的降神会，有扩音器和彩色纸带，没有胳膊的人操控着蜡制的气缸；工厂日夜运转，生产出更多的香肠，更多的椒盐脆饼，更多的纽扣，更多的刺刀，更多的焦炭，更多的鸦片酊，更多的利斧，更多的自动手枪。

我想不起比20世纪全盛时期中的这一天更可爱的日子，太阳在腐烂，一个人正在小雪橇上用短笛吹奏《爱之歌》。这一天在我心中放射出如此可怕的光辉，以致即使我是世界上最伤心的人，我也不要离开地球。

多么辉煌的疏散，这从神圣城堡向天堂的最后一次飞行！往下朝地球看，似乎又温暖可爱。没有人类的地球。无法形容的温柔可爱，这没有人类的地球。摆脱了寻求上帝的人，摆脱了卖淫的子孙，一切生灵之母重新典雅高贵地运行在她的轨道上。地球不知道什么上帝、仁慈、爱。地球是一个创造与毁灭的子宫。人类不属于地球，而属于上帝。那么就让他到上帝那里去，赤裸，潦倒，污浊，分裂，比最深的峡谷还要孤独。

今天，当我朝山顶走去时，进步与发明陪伴了我一会儿。明天，每一座世界性城市都将陷落。明天，世上每一个文明的存在都将死于毒药与钢铁，但是今天你仍然可以将我沐浴在上帝奇妙的爱情抒情诗中。今天仍然是室内音乐、梦幻、幻觉。

最后五分钟！一场梦，一首没有结尾的赋格曲。每一个音调都像钩子上的死肉一般在腐烂。一种坏疽，旋律在其中被它自己化脓的恶臭所淹没。一旦机体有能力感受到死亡，它便狂喜得颤抖。一种胎动的感觉，令人感到喜悦的痛苦——当食物和性成为一体时，临死前喉鸣的痛苦。漩涡！卷进漩涡的一切都被吞到海底！无知的野蛮人开始在周围寻求他的尾巴，在迷宫般的大漩涡中越挨越近。现在到达了死亡中心，他在那里绕着自我旋转，放射出白热化的光芒，令人眼花缭乱，照射到每一条灵魂的沟渠上，在那里疯狂而不满足地旋转；他灵魂的盗尸贼和暴徒，在离心的欲望和狂怒中旋转，直到他从他中心的窟窿中消失，像气囊一样瘪下来——墓穴、地窖、肋骨、皮肤、血液、组织、大脑、心脏，全部消耗殆尽，被吞噬，醉倒在最后的毁灭中。

这就是城市，这就是音乐。从小黑盒子里流出一条无尽的浪漫之河，鳄鱼在其中哭泣。大家都走向山顶。全步调一致。凭上面的发电站，上帝让街道淹没在音乐中。每天傍晚我们下班时，是上帝打开了音乐。给我们当中某些人的是面包皮，给其他人的是劳斯莱斯。所有人都走向出口，不新鲜的面包锁在垃圾桶里。当我们走向闪闪发光的山顶时，是什么东西使我们齐步走呢？在马槽里从东方来的三智者听到的是《爱之歌》。一个没有腿的人，他的眼睛爆裂，他一边在小雪橇上沿着圣城的街道向前滑动，一边用短笛吹奏这支曲子。正是这首《爱之歌》，眼下在按时间顺序排列的精确时刻从上百万只小黑盒子里倾倒出来,以至我们在菲律宾的棕色小兄弟都能听见。正是这首美妙的《爱之歌》给予我们力量来建造最高的建筑物,让最大的战舰下水,跨越最宽的河流。正是这首歌赋予我们勇气,让我们只是按一下电钮,就一下子杀死上百万人。正是这首歌让我们精力充沛来掠夺地球,把一切都暴露在光天化日之下。

走向山顶的时候,我研究了你们建筑物的僵硬轮廓,它们明天就将在烟雾中坍塌。我研究了你们的和平纲领,它将在一阵弹雨中告终。我研究了你们闪闪发光的橱窗,里面塞满了明天没人需要的发明物。我研究了你们因苦工而疲惫不堪的脸,你们折断的足背,你们凹陷的肚子。我研究你们的个体和群体——你们多么臭气熏天,你们所有人!你们像上帝、像他十分仁慈的爱与智慧一样臭气熏天。吃人者上帝!同他的寄生虫一起游泳的鲨鱼上帝!

让我们不要忘记,每天晚上拧开收音机的是上帝。是上帝使我们的眼睛里充满了明亮而满溢的光。很快我们就将同他在一起,被抱在他的怀里,沉浸在极乐与永恒之中,与《圣经》相一致,法律面前人人平等。这是通过爱而产生的,一种伟大的爱,与之相比,即使最强有力的发电机也不过是嗡嗡作响的蚊子。

现在我要向你们和你们的神圣城堡告别。现在我要去坐在山顶上,再等一万年,等你们努力走向光明。只是今天晚上,我希望你们把灯光弄暗一点儿,把扩音器弄轻一点儿。今天晚上我想安安静静地思考一会儿。我想忘记一小会儿,你正在你蜂巢似的五分一角商店里转来转去。

明天你会给你的世界带来毁灭。明天你会在天堂里，在你世界性城市烟雾弥漫的废墟上空歌唱。但是今晚我愿意想一个人，一个孤独的人，一个没有姓名、没有祖国的人，一个我所尊敬的人，因为他和你绝无共同之处——这便是**我自己**。今晚我将考虑我是何物。

卢夫西恩、克利希、舍拉别墅

1934—1935 年